BESCHWIPST UND SCHLAFLOS UND MEMPHIS IM CHAOS

DIE VAMPIRE HOUSEWIFE REIHE

JODI VAUGHN

KAPITEL EINS

*I*ch hörte, wie das Auto in die Einfahrt bog, noch bevor es überhaupt zum Stehen kam. Das wollte etwas heißen, denn mein jetziger Ex-Mann fuhr einen vier Jahre alten Prius anstelle seines Teslas.

Seit ich ein Vampir geworden war, waren alle meine Sinne schärfer und fokussierter geworden.

Ich schluckte den Rest meines Bechers mit 0-positivem Blut hinunter und spülte ihn schnell aus, bevor ich ihn in den Geschirrspüler stellte. Khalan, mein Vampirschöpfer und eine echte Nervensäge, hatte jede Woche eine Kühltasche mit Blut am Fußende meines Bettes hinterlassen. Nachdem er mich in einen Vampir verwandelt hatte, hatte ich mich, bis auf ein oder zwei Ausrutscher, dem Trinken des Bluts von glücklosen Menschen widersetzt und von Tierblut gelebt. Khalan hatte das nicht gefallen. Er würde es vorziehen, wenn ich menschliches Blut tränke, anstatt zu versuchen, nur mit Tierblut zu überleben. Er war ein Tierliebhaber und verachtete die gesamte Menschheit. Aber jetzt, da meine Quelle für Tierblut keine Option mehr war, verschloss ich die Augen davor, wen Khalan angegriffen hatte, um mir mein Blut zu bringen.

Ich nahm an, dass er dachte, solange er mir das Blut lieferte, würde ich nicht fragen, von wem er es bekommen hatte. Ich hatte die lokalen Nachrichten nach Berichterstattungen über blutleere Leichen im Auge behalten. Bis jetzt war kein Bericht auf meinem Radar aufgetaucht. Noch nicht.

Es klingelte an der Tür, als ich gerade ins Wohnzimmer lief.

Ich öffnete die Tür und sah meine zwei wunderschönen Töchter mit ihren Rucksäcken draußen stehen. Mein Ex-Mann, Miles, stand mit einem aufgesetzten Lächeln hinter ihnen.

„Hi Mädels." Ich beugte mich vor und Gabby sprang in meine Arme. Ich umarmte sie fest. Mir fiel auf, dass sie ihre Haare nicht gekämmt hatte und sie ein wenig seltsam roch. Ich sah meine Älteste, Arianna, über Gabbys Schulter hinweg an. Sie war damit beschäftigt, die Fußmatte zu studieren, aber zumindest war ihr Haar gekämmt und soweit ich es beurteilen konnte, stank sie nicht.

„Hallo, meine Süße." Ich streichelte mit der Hand über Ariannas dunkles Haar. Sie wurde älter und mochte es nicht, wenn ich sie umarmte. Die Teenagerjahre waren die schlimmsten.

Sie schenkte mir ein Lächeln und umarmte mich von der Seite, bevor sie ins Haus kam. Mein Herz jubelte. Es war mehr, als ich erwartet hatte.

„Hattet ihr viel Spaß bei Daddy?" Ich sah zwischen ihnen hin und her.

Arianna schnaufte und ließ ihre Tasche an der Tür fallen, bevor sie in die Küche lief.

„Ja, ganz viel." Gabby lächelte. „Daddy hatte keine Zahnpasta mehr und er hat versucht, uns dazu zu bringen, stattdessen Backpulver zu benutzen, aber Arianna meinte, dass sie lieber stirbt. Dann hat sie eine riesige Kakerlake gesehen, die so groß wie mein großer Zeh war, und hat geschrien. Sie ist auf den Küchentresen geklettert und erst eine halbe Stunde später wieder runtergekommen. Bis ich sie mit einem von Daddys Medizinbüchern zerquetscht habe." Gabbys Gesicht strahlte vor Aufregung wie ein Feuerwerk, als sie mir die Geschichte erzählte.

Ich blinzelte und sah Miles an.

Ich sah ihn wirklich an.

Seit unserer Scheidung hatte er mehr abgenommen, als es mir bewusst gewesen war. Um die Schläfen herum begann sein Haar zu ergrauen und winzige Fältchen bildeten sich um seine blauen Augen. Seine Schultern waren leicht gebeugt, so als würde er die Last der Schuld dessen, was er unserer Familie angetan hatte, auf seinen Schultern tragen.

Die Wut und der Schmerz über seine Untreue waren in mir zwar noch immer lebendig, aber das Feuer brannte nicht mehr so stark wie früher.

„Warum gehst du dich nicht duschen und putzt dir die Zähne." Ich sah zu Gabby hinunter.

Ihr Gesicht wurde lang, als hätte ich ihr ihr Lieblingsspielzeug weggenommen.

„Und dann mache ich uns Abendbrot."

Ich beobachtete, wie sie in die Richtung ihres Kinderzimmers lief, und hoffte, dass sie eine großzügige Menge Shampoo verwenden würde, wenn sie ihre Haare wusch. Ich wollte mich daran erinnern, später daran zu schnuppern.

Gabby war mein Wildfang und kümmerte sich überhaupt nicht um Hygiene. Sie war das genaue Gegenteil von Arianna, die in ihrer frühen Weiblichkeit aufblühte und der Aussehen, Kleidung und Jungs wichtig waren.

„Ich schätze, ich sollte gehen." Miles schob seine Hand in die Hosentasche und zog einen zusammengefalteten Scheck heraus. „Es tut mir leid, dass es ein bisschen spät ist. Ich habe gewartet, bis ich für meine Sonderschichten in der Notaufnahme bezahlt worden war."

Ich runzelte verwirrt die Stirn. „Aber du hast den Kindesunterhalt für diesen Monat schon bezahlt."

„Es ist der Ehegatten-Anteil."

Schuldgefühle stiegen in mir auf und mein Magen zog sich zusammen.

„Oh", sagte ich leise und nahm den Scheck aus seiner ausgestreckten Hand.

Er schob die Hände zurück in die Hosentaschen.

Als wir versucht hatten, uns während unserer Scheidung zu einigen, hatte Miles mich beschuldigt, als Mutter ungeeignet zu sein, was er von meiner Erzfeindin Veronica gehört hatte. Sie hatte gelogen, um, neben anderen Dingen, Meinungsverschiedenheiten zwischen uns zu verursachen. Zu dieser Zeit hatte außerdem jemand versucht, mich zu töten. Ich war vergiftet worden, wurde mit einem Spaten auf den Kopf geschlagen, von meinem Garagentor zu Boden gedrückt und dann waren schließlich noch meine Bremsleitungen durchtrennt worden.

Ich hatte gedacht, dass es Miles war. In meinem Zorn hatte ich meine vampirische Fähigkeit des Verzauberns genutzt und ihn gezwungen, mir das Haus zu überlassen, eine riesige Menge an Kindergeld und eine noch obszönere Menge an Unterhalt für mich zu zahlen.

Später hatte ich herausgefunden, dass es nicht Miles gewesen war, der versucht hatte, mich zu töten. Es war Brad, der baldige Ex-Ehemann meiner ehemals besten Freundin, gewesen, der versucht hatte, diese Tat zu vollbringen. Er hatte gewusst, dass seine Frau und meine damalige beste Freundin Nikki eine Affäre mit Miles gehabt hatte. Er hatte diesbezüglich seinen Mund gehalten, weil er nicht wollte, dass Nikki ihn für Miles verließ. Als ich die Scheidung von

Miles gefordert hatte, hatte Nikki Brad in Windeseile den Rücken zugekehrt.

In seinem verwirrten, geistesgestörten Gehirn gab Brad mir die Schuld für das Ende seiner Ehe. Er sagte, ich hätte einfach schweigen und mich mit den „Brotkrumen zufriedengeben" sollen.

Aber so war ich nicht gestrickt und würde es auch niemals sein. Ich konnte einfach nicht die Frau sein, die sich mit einem schönen Haus zufriedengab, während ihr Mann sie betrog. So funktionierte das für mich nicht.

„Möchtest du auf ein Getränk reinkommen? Wir könnten über die Mädchen sprechen?"

Seine Augen leuchteten leicht auf und er rieb sich über den Hinterkopf. „Ein Kaffee wäre toll."

„Komm in die Küche." Ich winkte ihn hinein und schloss die Tür hinter ihm.

Meine Designerschuhe machten kaum ein Geräusch, während ich durchs Haus lief. Er ließ sich auf einen der Hocker an der Küchentheke fallen. „Bist du dir sicher, dass du einen Kaffee willst? Ich habe eine leckere Flasche Pinot Noir, die Gina mir geschenkt hat."

„Nein. Kaffee ist in Ordnung. Ich muss heute Abend eine Extraschicht in der Notaufnahme übernehmen."

Ich lief zu meiner Gourmetkaffeemaschine und begann, eine Tasse Kaffee zu kochen. Dann ging ich zum Kühlschrank, zog die Kaffeesahne heraus und stellte sie vor ihn hin. Ich selbst trank keine Kaffeesahne mehr, hatte sie aber immer auf Vorrat für den Fall, dass Freunde vorbeikamen.

„Ist einer der anderen Ärzte krank? Arbeitest du deshalb in der Notaufnahme?" Ich zog die frische Tasse Kaffee unter der Maschine hervor und stellte sie vor ihn hin.

„Nein. Ich habe ein paar Schwierigkeiten, meine Rechnungen pünktlich zu bezahlen." Er rührte die Kaffeesahne in seinen Kaffee, bis es einen hübschen Karamell-Farbton ergab.

Schuldgefühle nagten an meinem Vampirherz.

Vermutlich war ich doch keine so kalte, gefühllose Kreatur.

„Wohnst du immer noch in dieser Wohnung?" Als wir uns getrennt hatten, hatte Miles eine Wohnung in der Stadt zuerst gemietet und dann gekauft. Sie war groß und befand sich an der Main Street über den Restaurants und Kunstgalerien unserer kleinen Stadt Charming, Mississippi. Sie war wunderschön und außerdem die perfekte Junggesellenbude.

„Nein." Er trank einen schnellen Schluck von seinem Kaffee und zog den Kopf ein. „Ich habe sie an ein paar Unistudenten vermietet, die für den Sommer nach Hause kommen."

„Also, wo wohnst du dann?" Ich kniff die Augen zusammen. Wir hatten in unserer Sorgerechtsvereinbarung festgelegt, dass er es mir sagen sollte, wenn er je seinen Wohnsitz wechseln würde.

„Ich miete ein Zimmer bei Mrs. Grishom." Er wandte seinen Blick ab und trank noch einen Schluck.

„Mrs. Grishom? Die alte Dame, die in diesem alten viktorianischen Haus lebt?" Ich riss meine Augen weiter auf.

Mrs. Grishom war eine alte Jungfer. Sie musste fast neunzig Jahre alt sein und hatte ein Haus voller Katzen. Sie besuchte die gleiche Kirche wie wir und alle achteten immer darauf, dass sie niemals irgendetwas von dem Auflauf aßen, den sie zubereitet hatte. Sie hatte ungefähr zwanzig Katzen, die alle mit ihr im Haus lebten, und außerdem war sie ein Messie.

„Bist du verrückt geworden? Du kannst doch nicht in diesem Haus wohnen! Und du kannst doch auch nicht zulassen, dass die Mädchen sich dort aufhalten." Ich sah ihn mit zusammengekniffenen Augen an.

„Oh, mach dir keine Sorgen. Ich wohne nicht im Haus. Ich wohne in der kleinen Wohnung über der Garage. Sie lässt sie mich für relativ wenig Geld mieten." Er nickte.

„Wie viele Kakerlaken hast du gesehen, seit du dort eingezogen bist?" Ich stemmte meine Hände in die Hüfte.

„Ich habe gesprüht, bevor ich eingezogen bin." Er hob sein Kinn.

„Und trotzdem hat Arianna dieses Wochenende eine gesehen."

Er rieb sich den Nacken und wandte den Blick ab.

Ich wollte wütend auf ihn bleiben, aber er sah so erbärmlich aus.

„Miles, wie viele Sonderschichten arbeitest du?", fragte ich leise.

„Normalerweise mache ich Vertretung in der Notaufnahme, wenn ich mit meinen Operationen fertig bin. Die einzigen Tage, an denen ich das nicht tue, sind die, wenn ich auf Abruf bin."

Ich seufzte. „Und wann hattest du das letzte Mal einen freien Tag?"

„Ich arbeite nicht, wenn es mein Wochenende mit den Mädchen ist."

„Und das ist alles? Miles, du siehst erschöpft aus. Du solltest nicht so viel arbeiten."

„Ich kann es mir nicht leisten, es nicht zu tun. Ich hoffe, dass ich mit der Vermietung meiner Wohnung ein wenig mehr Geld verdienen kann. Und ich hoffe, dass ich im September wieder dort einziehen werde. Dies ist nur vorübergehend." Er fuhr sich mit den Fingern durchs Haar und sah mich an.

„Bis dahin kann viel passieren." Ich war die Autorität in dieser Angelegenheit. In einer Nacht hatte sich mein ganzes Leben verändert. Ich hatte von Miles' Affäre erfahren, kurz bevor ich gegen meinen Willen in einen Vampir verwandelt worden war.

Sein Telefon summte und er zog es aus der Tasche.

Sein Gesicht wurde lang. „Es ist das Krankenhaus. Ich muss gehen." Er lehrte den Kaffee und stellte die Tasse auf die Kücheninsel. „Danke für den Kaffee."

„Geh einfach durch die Garage hinaus." Ich öffnete die Küchentür und drückte auf den Knopf für das Garagentor.

Er betrat die Garage. „Gefällt dir dein neues Auto?" Er deutete auf meinen schwarzen Volvo.

„So neu ist es wirklich nicht." Ich hatte es gekauft, nachdem mein weißer Volvo ein Totalschaden gewesen war, als ich einen Unfall aufgrund der durchtrennten Bremsschläuche gehabt hatte. Ich hatte mir das gleiche Modell nur in einer anderen Farbe gekauft.

Ich sah zu seinem Prius hinüber. „Warum fährst du den Prius anstelle des Teslas?"

Sein Kopf wurde knallrot. „Der braucht weniger Benzin."

„Hast du deinen Tesla verkauft?" Miles hatte dieses Auto mehr als alles andere geliebt.

„Ich hatte keine andere Wahl. Er wurde zwangsverpfändet." Er musterte den Boden. „Der Prius ist nicht schlecht."

Trotz all der Scheiße, die er mir angetan hatte, konnte ich nicht anders, als Mitleid für den Kerl zu spüren. Miles war sein Erscheinungsbild immer wichtig gewesen und im Moment dachte die gesamte Stadt wahrscheinlich, dass er wie ein Verlierer wirkte. Er war vom Millionär zum Tellerwäscher geworden.

„Ich werde morgen mit meinem Anwalt sprechen und sehen, was ich bezüglich einer Reduzierung meines Unterhalts tun kann."

„Rachel, selbst wenn du das tätest, würde es Monate dauern, bis es offiziell ist." Er lächelte mich traurig an und öffnete die Autotür.

„Miles." Ich hielt den Unterhaltsscheck hoch. „Warum nimmst du den nicht zurück?" Ich hatte etwas Geld gespart, von dem ich fürs Erste leben konnte, bis ich selbst einen Job finden würde.

„Das kann ich nicht. So ist das Gesetz. Ich kann es mir nicht leisten, ins Gefängnis zu gehen. Was würde die Stadt denn denken?" Er stieg in den Prius und fuhr langsam den Hügel hinunter.

Er befand sich in dieser finanziellen Notlage, weil ich ihn verzaubert hatte, mir eine große Menge Unterhalt zu zahlen. Ich musste mir etwas einfallen lassen. Wenn auch nur meinen Mädchen zuliebe. Ich konnte den Gedanken nicht ertragen, dass sie ihre Wochenenden in einer von Kakerlaken verseuchten Wohnung über Mrs. Grishoms Garage verbrachten.

Sie verdienten etwas Besseres.

KAPITEL ZWEI

„Sie wollen Ihren Unterhalt senken? Sind Sie verrückt geworden?", knurrte mich meine Scheidungsanwältin Cherry Cobbledick durchs Telefon an.

Sie war nicht meine erste Wahl gewesen, als ich versucht hatte, einen Anwalt zu finden, und das hauptsächlich wegen ihres absurden Nachnamens. Aber sie war die Beste und wie eine Bulldogge im Gerichtssaal.

„Es fällt ihm schwer, Kindesunterhalt und Ehegatten-Alimente an mich zu zahlen." Ich rieb meine Schläfe und gähnte. Es war ein sonniger Julitag und die Mädchen spielten im Pool. Es fiel mir schwer, tagsüber wachzubleiben, weil die Sonne mich so sehr auslaugte. Ich musste immer doppelt so viel Blut trinken, um mich mit der benötigten Energie zu versorgen.

„Nun, darüber hätte er nachdenken sollen, bevor er seinen Schwanz in Ihre beste Freundin gesteckt hat", murmelte Cherry.

„Ex-beste Freundin", erinnerte ich sie. Cherry war dafür bekannt, dass sie kein Blatt vor den Mund nahm.

„Lassen Sie mich Ihnen einen Rat geben, Rachel." Cherry

10

atmete tief durch. „Ich ziehe jeden Tag vor Gericht, um für die Rechte von Ex-Frauen zu kämpfen, um einen Bruchteil dessen zu bekommen, wozu Sie Ihren Ex-Mann überredet haben. Ich bin mir nicht sicher, wie Sie es gemacht haben, aber ich habe schon darüber nachgedacht, Ihnen einen Job als Mediatorin anzubieten, nur um meinen Kunden einen Vorteil zu verschaffen. Und Sie wollen ihm die finanzielle Last abnehmen? Das glaube ich wohl nicht. Außerdem haben Sie keinen Job, keine Berufserfahrung und keine Möglichkeit, Ihre Rechnungen selbst zu bezahlen. Sie brauchen diese Alimente mehr als jede andere." Cherry beendete das Gespräch, ohne sich zu verabschieden.

Ich schaute finster auf das Telefon in meiner Hand. Ich hasste es, wenn jemand einfach auflegte. Und außerdem war ich auch nicht gern im Unrecht.

Ich blickte zu meinen Mädchen hinüber. Arianna saß am Rande des Pools und sah etwas niedergeschlagen aus.

Sie schien traurig zu sein, seit sie von ihrem Vater nach Hause gekommen war.

„Arianna, komm her und lass mich noch ein bisschen Sonnencreme auf deinem Rücken auftragen." Ich ließ mich auf dem Sessel nieder. Der überdimensionale Sonnenschirm hielt die Sonnenstrahlen davon ab, mich zu treffen. Ich trug meinen breitkrempigen Hut, eine große Sonnenbrille und ein Tuch über meinem Bikini. Ich war nur hier draußen, um die Mädchen im Pool zu beaufsichtigen. Nicht, um mich zu bräunen. Diese Zeiten waren längst vorbei.

Arianna kam langsam auf mich zu. Ich bewegte meine Beine, damit sie sich vorn auf meine Liege setzen konnte. Sie setzte sich hin und streckte mir den Rücken entgegen.

Ich richtete mich auf, drückte eine großzügige Menge Sonnencreme in meine Handflächen und rieb sie über ihre schlanken Schultern. „Hast du einen schönen Sommer?"

„Ich schätze schon", sagte sie und blickte nach unten.

„Ich weiß, dass du dich darauf gefreut hast, eine Woche mit deinem Vater zu verbringen. Aber er hat heute früh angerufen und gesagt, dass er es verschieben muss. Er muss ein paar Überstunden machen."

Sie seufzte. „Kann ich dir etwas anvertrauen?" Sie sah mich über ihre Schulter an.

„Natürlich, mein Schatz." Ich schmierte ihren Rücken zu Ende ein. Sie drehte sich um und sah mich an.

„Bitte sag es nicht Dad. Aber ich bin froh, dass wir nicht für eine ganze Woche dorthin müssen." Sie biss sich auf die Lippe.

„Woran liegt das, Arianna?", fragte ich leise. „Liegt es an der Wohnung, die er mietet?"

„Es ist nicht nur das. Ich meine, diese Wohnung ist eklig, aber es wäre mir egal, wenn Daddy nicht so …"

„So was?"

„Ich weiß es nicht. Nicht so deprimiert wäre, schätze ich. Er ist einfach nicht mehr glücklich." Sie zuckte mit den Schultern.

Mein Herz schmerzte für meine Mädchen. Ich musste etwas unternehmen. Das alles hatte jetzt Auswirkungen auf meine Kinder.

„Vielleicht kann ich helfen", sagte ich leise.

Ihre Augen wurden größer. „Kommt ihr beide wieder zusammen?"

„Nein, Schätzchen. Ich befürchte nicht."

Ihr Gesicht wurde lang.

„Ich glaube, Dad ist wegen des Geldes gestresst. Ich denke darüber nach, mir einen Job zu suchen."

Sie blinzelte. „Du? Einen Job?"

„Ich habe früher auch gearbeitet, während dein Vater sein Medizinstudium absolvierte, Arianna. Ich war eine Sekretärin." Sie sah mich finster an.

„Ich weiß nicht." Sie wandte sich ab. „Ich meine, wer wird

uns denn dann von der Schule abholen und uns zum Training fahren? Wer wird sich um uns kümmern?"

„Ich werde alle diese Dinge tun." Ich strich eine dunkle Strähne hinter ihr Ohr. „Schau mal, ich will nur nicht, dass du dir Sorgen um Daddy machst. Ich denke, am Ende wird sich alles regeln. Das ist meistens so."

Sie stand auf und sprang wieder in den Pool. Dieses Mal spritzte sie ihre Schwester nass. Das löste einen Spritzwasserkrieg aus und als er vorüber war, lachten sie beide.

An diesem Abend, lange nachdem die Mädchen ins Bett gegangen waren, zog ich meinen Laptop hervor. Ich ging ins Wohnzimmer und entspannte mich auf der Couch.

Die Haare in meinem Nacken sträubten sich plötzlich. Etwas stimmte nicht. Ich drehte mich zu den Flügeltüren um, die zum Garten führten.

Von dort starrten mich einhundertzehn Kilogramm Vampir an. Khalan, mein Schöpfer.

„Was zum Teufel machst du hier? Ich hätte einen Herzinfarkt bekommen können."

Noch bevor ich aufstehen konnte, hatte er die Flügeltüren bereits geöffnet und war hereingekommen.

„Ich habe dir dein Abendessen gebracht." Er hielt mir eine Kühltasche hin.

Als er Blut erwähnte, lief mir das Wasser im Mund zusammen. Die Sonne hatte mich mehr ausgelaugt, als ich es zugeben wollte, und der Sommer war schwer für mich als Vampir.

Ich nahm die Kühlbox entgegen und nickte. „Vielen Dank."

„Das ist das letzte Mal, dass ich dir Blut bringe." Er starrte mich an.

„Aber ..."

„Rachel. Du weißt, dass du lernen musst, dich selbst zu

ernähren. Ich werde vielleicht nicht immer da sein, um dir zu helfen." Er fuhr sich mit den Fingern durch sein Haar.

„Nun, was sonst würdest du denn tun? Hast du vor, in den Urlaub zu fahren oder so?" Ich runzelte die Stirn. „Gibt es einen speziellen Ort, an dem Vampire Urlaub machen?"

„Ja. Und er ist exklusiv", knurrte er.

„Wie dem auch sei." Ich lief in die Küche und packte die Becher mit warmem Blut aus. „Ich hoffe, dieser Spender ist noch …"

„Am Leben?"

Ich drehte mich um und sah ihn an. „Ist er es?"

„Ich schätze, du musst anfangen, mit mir mitzukommen, wenn du das herausfinden willst."

Ich stellte die Kühlbox auf die Kücheninsel und schenkte ihm meine volle Aufmerksamkeit. „Mal im Ernst. Willst du irgendwo hin?"

„Ja."

„Wohin?"

„Das geht dich nichts an." Er musterte die Becher mit dem Blut. „Du musst mit mir mitkommen, um zu trinken. Du musst lernen, dich zu beherrschen, damit du niemanden versehentlich tötest."

„Ein Mörder in der Nachbarschaft reicht aus." Ich seufzte.

Mein Nachbar Cal hatte vor ein paar Monaten eine Studentin getötet. Er saß derzeitig im Gefängnis und wartete auf seinen Prozess. Seine Frau Carla musste jetzt an den Wochenenden Pizzen ausliefern, um über die Runden zu kommen.

Ich wollte nicht wie Carla enden. Abhängig von jemand anderem, der meine Rechnungen bezahlt.

„Ich komme mit." Ich sah zu ihm auf.

„Ist das ein Trick?" Er kniff die Augen zusammen.

„Nein. Ich meine es ernst. Ich komme mit. Du hast recht."

Ich schluckte, nachdem ich mich gezwungen hatte, die Worte zu sagen. „Ich muss unabhängiger werden."

Er trat nah an mich heran und starrte in meine Augen.

Mein Magen wurde warm und sein Geruch kam über mich.

Ich wollte einen Schritt rückwärts treten, aber ich konnte meinen Körper nicht dazu bringen, mir zu gehorchen.

„Du riechst anders. Du riechst …" Ich schloss meine Augen und atmete tief ein.

„Wie rieche ich?" Seine tiefe Stimme schickte einen kribbelnden Schauer durch meinen gesamten Körper.

Mein Herz hämmerte in meiner Brust und ich versuchte, meine Atmung zu verlangsamen.

Er roch gut. Besser als gut. Aber das musste er nicht wissen. Nachdem er mich verwandelt hatte, hatte er schrecklich gestunken, nach einer Kombination aus Stinktier und Katzenpisse. Wir waren nicht gerade zu den besten Freunden geworden. Er dachte, ich sei egoistisch, und ich dachte, er sei gleichgültig. Aber im Laufe der Monate hatte er mir mehr als nur einmal den Arsch gerettet. Und er hatte bewiesen, dass er mehr für mich tun würde als mein mich betrügender Ex-Ehemann, der jetzt im Äquivalent eines Schabenhotels lebte.

Dann gab es diesen einen Vorfall, als Khalan und ich uns nähergekommen waren und im Bett herumgerollt hatten, als wären wir ein paar notgeile Teenager. Aber ich hatte das darauf geschoben, dass ich aufgrund meiner ruinierten Ehe einen Zusammenbruch erlitten haben musste, nicht darauf, dass ich mich tatsächlich zu ihm hingezogen fühlte oder so etwas.

Ich öffnete die Augen. Er war mir so nah. Sein Atem streichelte meine Wange und ich öffnete leicht meine Lippen. Er lehnte sich vor und ich hielt den Atem an, als ich darauf wartete, dass er mich küsste.

„Du musst das Blut in den Kühlschrank stellen, bevor es schlecht wird." Er trat zurück.

Ich schluckte meine Frustration hinunter. „Vielen Dank dafür. Sag mir Bescheid, wenn du das nächste Mal auf die Jagd gehst, und ich werde mitkommen."

Ein langsames Lächeln zog seine Mundwinkel hoch. „Denkst du, dass du das Zeug dazu hast?"

Ich hob mein Kinn an. „Ich weiß, dass ich das Zeug dazu habe."

Er ging ohne Abschied durch die Hintertür hinaus.

Ich stöhnte. Was zum Teufel war los mit mir, dass ich mir wünschte, Khalan würde mich küssen?

„Ich brauche eine Verabredung. Das ist es, was ich brauche. Oder einfach nur ein Stelldichein, um all diese sexuelle Frustration loszuwerden."

Aber zuerst hatte ich andere, wichtigere, Dinge zu tun. Wie einen Job zu finden, um für mich selbst sorgen zu können.

KAPITEL DREI

ie Sommerferien waren endlich vorbei und ich freute mich darauf, dass die Mädchen wieder in die Schule gehen würden. Arianna kam in die neunte Klasse und Gabriela in die fünfte.

Während sie ihre erste Woche des neuen Schuljahres verbrachten, befand ich mich in der ersten Woche meines neuen Jobs als Barista im örtlichen Café.

„Mrs. Jones, Sie haben Vanille anstelle des Karamellsirups hinzugefügt. Schon wieder." Max hielt eine Kaffeetasse hoch. Er hatte mir schon seit Jahren meinen Kaffee gekocht und ich war ein Stammgast im ,*Koffein und Kekse*'-Café. Als ich mich hier beworben hatte, hatte ich niemandem davon erzählt, dass ich arbeiten würde. Es war nicht so, dass ich mich schämte zu arbeiten, aber ich war besorgt darüber, was meine Freunde denken würden, wenn sie wüssten, dass ich mir einen Job gesucht hatte, um die finanzielle Belastung für Miles zu mildern.

Ich bewahrte den Unterhaltsscheck immer noch in der oberen Schublade meiner Kommode auf. Nur für alle Fälle.

Ich war kein so großer Narr, einen Scheck zu zerreißen, bis ich mir sicher war, dass dieser Job im Café wirklich funktionieren würde.

„Es tut mir leid. Ich dachte wirklich, ich hätte dieses Mal den richtigen Geschmack hinzugefügt." Ich erstickte ein Gähnen hinter meiner Hand. Ich hatte mich online für mehrere Jobs beworben, aber die Einzigen, die sich bei mir gemeldet hatten, waren die Leute vom Café gewesen.

Es passte perfekt. Ich konnte die Schicht übernehmen, nachdem ich die Mädchen zur Schule gebracht hatte, und rechtzeitig Feierabend machen, um sie wieder abzuholen. Ich hatte meinen Stahlthermobecher mit erwärmtem Blut dabei, um mich durch den Tag zu bringen. Die Bezahlung war besser, als ich es erwartet hatte, und ich erhielt außerdem Sonderleistungen. Nicht, dass ich sie brauchen würde, da ich ein Vampir war. Und die Mädchen waren bei Miles mitversichert.

Es hätte einfach sein sollen, aber ich konnte mit dem schnellen Tempo und den verschiedenen Möglichkeiten, einen extravaganten Kaffee zuzubereiten, nicht mithalten.

Max raufte sich mit den Fingern die Haare und schaute aus dem Fenster. Er riss die Augen weit auf. „Es sieht so aus, als würde es gleich voll werden."

Ich blickte ebenfalls aus dem Fenster, wo fünf Autos anhielten und ein Haufen Studenten aus den Fahrzeugen stiegen.

„Was halten Sie davon, die Kasse zu machen, während ich den Kaffee zubereite?", fragte er mich unsicher.

Um ehrlich zu sein, arbeitete ich lieber an der Kasse, als den Kaffee zu kochen. „Das kann ich." Ich schenkte ihm ein Lächeln und ein selbstbewusstes Nicken.

Die Tür öffnete sich und der Geräuschpegel im Inneren des winzigen Cafés stieg drastisch an.

„Hallo, herzlich willkommen im *Koffein und Kekse*. Darf

ich Ihre Bestellung aufnehmen?", fragte ich den Typen mit blonden Haaren und blauen Augen, der zu mir an die Kasse kam.

Er schenkte mir ein Lächeln und lehnte sich auf die Theke. „Na sicher kannst du das, Schätzchen. Mein Name ist Todd."

Ich schrieb seinen Namen auf den Becher und ignorierte seinen Versuch, mit mir zu flirten. „Was kann ich Ihnen bringen, Todd?"

„Deine Nummer." Er grinste.

Das Mädchen hinter ihm sah mich mit zusammengekniffenen Augen an und seufzte laut. „Beeil dich, Todd. Wir haben für solche Scheiße keine Zeit."

„Mach halblang, Helen. Und sei nett." Todd grinste.

„Was darf es sein, Todd?" Ich starrte ihn ausdruckslos an.

„Ich hätte gern einen dieser Pfefferminz-Knusper-Lattes."

Ich sah zu Max hinüber. Der schüttelte seinen Kopf.

„Es tut mir leid. Das ist ein saisonales Getränk. Das gibt es nur zu Weihnachten."

Er seufzte und das Lächeln verschwand von seinem Gesicht. „Nun, das ist aber das Einzige, was ich trinke."

„Also kommen Sie sonst nur zu Weihnachten hierher?" Wenn dies die Zukunft unserer Welt war, steckten wir alle in riesigen Schwierigkeiten.

„Ja." Er zuckte mit den Schultern.

„Beeil dich, verdammt noch mal, Todd. Wir müssen in zehn Minuten weiterfahren", brüllte ein großer Kerl mit Muskeln und einer Lederjacke hinter dem nervigen Kunden.

„Sie haben keine Pfefferminz-Knusper-Lattes." Er drehte sich um und wandte sich an seine Freunde.

„Dann bestell dir etwas anderes", rief eins der Mädchen.

„Ich weiß nicht, was ich mir sonst holen soll. Es ist das Einzige, was ich sonst immer trinke."

Helen hatte endlich die Schnauze voll vom Warten und

drängelte sich zum Tresen vor. „Dann lass alle anderen bestellen, während dir jemand die Karte vorliest."

Todd funkelte sie an, sagte aber kein Wort.

„Willkommen im *Koffein und Kekse*. Wie lautet Ihr Name und was möchten Sie trinken?", fragte ich freundlich.

„Helen. Ich nehme einen großen fettarmen Vanillelatte mit extra Schlagsahne, fünf kleine Cappuccinos, zwei kleine Espressos mit einem Schuss Vanille in einem und Karamell in dem anderen. Außerdem brauche ich sieben Filterkaffees, einen schwarz und die anderen mit Sahne. Und dann möchte ich noch fünf Schokoladenkekse, zwei Brownies und fünfzehn Zuckerplätzchen haben."

Ich erstarrte. „Es tut mir leid. Können Sie das noch mal langsam wiederholen?" Ich spürte, wie mir eine imaginäre Schweißperle von der Stirn tropfte. „Und ich habe die Namen für die verschiedenen Kaffees für die Becher nicht gehört. Oder soll ich auf alle Helen schreiben?"

„Bist du dumm oder so?" Ich zuckte zusammen.

„Rachel, beeilen Sie sich und geben Sie die Bestellung in den Computer ein, damit ich anfangen kann, die Kaffees zu machen", flüsterte Max lautstark.

Ich drehte mich zu ihm um und starrte ihn an. „Sie hat ungefähr hundert Kaffees ohne Namen bestellt."

„Was ist das Problem?" Helen stützte ihre Hände auf die Theke und lehnte sich vor. „Hast du Probleme, deinen Job zu machen?"

Max trat hervor und stellte sich zwischen mich und das Mädchen und schenkte ihr ein Lächeln. „Nein, sie ist nur ..."

„Ich glaube, dass sie nicht genug Grips hat, um eine einfache Kaffeebestellung richtig zu machen." Helen verschränkte die Arme vor ihrer Brust. „Ich habe keine Zeit, um herumzusitzen und zu warten, bis irgendein Idiot gelernt hat, wie man eine Kasse benutzt und einen Namen auf einen Pappbecher schreibt."

Wut schoss durch meinen Körper wie eine Rakete zu Silvester. Ich konnte spüren, wie mein Körper heiß wurde, und hatte keine Möglichkeit, es aufzuhalten. „Entschuldigung, wie haben Sie mich genannt?" Ich schob Max aus dem Weg, damit ich Helen direkt ansehen konnte.

„Idiot. Ich habe dich einen Idioten genannt." Sie zuckte. „Hast du mit deinen Ohren auch ein Problem?"

Ich griff über die Theke und packte ihr schlankes Handgelenk.

„Hey, lass mich los!" Sie riss die Augen weit auf.

„Lass mich dir mal etwas sagen, du kleine verwöhnte Göre. Es gibt Menschen auf dieser Welt, die nicht so viel Glück haben wie du, reiche und zu nachsichtige Eltern zu haben. Menschen, denen nicht alles auf einem Silbertablett serviert wird. Diese Leute müssen für ihren Lebensunterhalt arbeiten. Und diese Menschen geben der Welt Dinge auf eine Art und Weise zurück, wie du es niemals tun wirst. Und sollte ich jemals mitbekommen, dass du unhöflich und arrogant zu einem dieser fleißigen Menschen bist, schwöre ich dir, dass ich dir meinen Schuh in Größe sechsunddreißig in deinen kleinen Arsch schieben werde."

„Rachel!" Max' Stimme holte mich in die Realität zurück. Ich bin mir nicht sicher, ob es die Hysterie in seinem Tonfall war oder die Tatsache, dass der gesamte Laden verstummt war.

Ich ließ Helens Arm los und sah mich um. Alle Studenten waren verstummt und starrten mich an.

„Rachel." Max' Stimme war leise, aber streng. „Ich muss Sie kurz hinten sprechen."

Ich folgte ihm nach hinten in den winzigen Lagerraum, in dem sich der zusätzliche Vorrat an Kaffeetassen und die großen Säcke mit Kaffeebohnen befanden. Das Schlagen meines Herzens wurde wieder langsamer und das Rauschen in meinen Ohren begann zu verblassen.

Er sah mich mit seinen gutmütigen braunen Augen an und sagte die Worte, die ich nicht hören wollte.

„Es tut mir leid, Rachel. Aber Sie sind gefeuert."

KAPITEL VIER

„Wie um alles in der Welt ist es dir gelungen, im Café gefeuert zu werden? War das nicht ein leichter Job?" Gina blinzelte mich über ihr Weinglas hinweg an. Ich hatte sie an diesem Abend angerufen und gebeten, vorbeizukommen, damit ich ein wenig Luft ablassen konnte.

Ich mochte Gina. Sie tratschte nie und kümmerte sich meist nur um ihre eigenen Angelegenheiten. Sie war eine respektierte Geschäftsfrau und eine Athletin. Soweit ich es wusste, war sie den Boston Marathon mindestens dreimal gelaufen.

„Ich habe dich nicht angerufen, damit du mich noch schlechter fühlen lässt." Ich ließ mich auf die Couch fallen und starrte an meine hohe Decke.

„Warum *hast* du mich angerufen, Rachel?" Gina stellte ihr Weinglas auf den Beistelltisch und stützte ihre Ellbogen auf die Knie. „Ich hätte gedacht, dass du lieber Liz angerufen hättest."

Ich setzte mich auf und sah sie an. „Ich will ehrlich mit dir sein. Du bist sehr unabhängig. Obwohl du verheiratet bist.

Du bist wunderschön. Talentiert. Schlau. Außerdem tratschst du nie über irgendjemanden. Das gefällt mir an dir."

Ein kleines Lächeln umspielte ihre Lippen. „Danke dir, Rachel. Das bedeutet mir wirklich viel. Manchmal glaube ich, dass die Leute denken, ich wäre ein harter Brocken, weil ich mich nicht auf den Klatsch und Tratsch einlasse. Es ist so Südstaaten-untypisch." Sie lehnte sich auf der Couch zurück und griff erneut nach ihrem Weinglas. „Aber verrate mir doch einmal, warum du überhaupt arbeitest, wenn doch alle wissen, dass du Miles bei der Scheidung bis aufs letzte Hemd ausgezogen hast. Herzlichen Glückwunsch, übrigens." Sie hob ihr Glas und prostete mir zu.

Ich griff nach einem Sofakissen und drückte es auf mein Gesicht. „Ah, nein." Als ich es wieder wegzog, sah ich sie an. „Woher weißt du eigentlich, wie viel ich bekommen habe?"

„Niemand weiß es mit Sicherheit. Die Leute reden nur darüber, dass Miles in der Wohnung über Mrs. Grishoms Garage wohnt, Sonderschichten in der Notaufnahme arbeitet und einen Prius fährt." Sie zuckte mit den Schultern. „Wenn ich raten müsste, würde ich sagen, dass es der Prius war, der ihn verraten hat."

Ich stieß ein zitterndes Lachen aus. Ich trank noch einen Schluck von meinem Merlot und sah sie an. „Was wäre, wenn ich dir sagen würde, dass ich mich wegen all dem schuldig fühle? Und dass ich jetzt versuche, einen Job zu finden, damit Miles mir nicht so viel Unterhalt zahlen muss."

„Warum würdest du das tun?" Gina sah mich entsetzt an. „Er ist schließlich derjenige, der dich mit niemand anderem als deiner besten Freundin betrogen hat. Er ist derjenige, der arrogant genug war, zu denken, dass er auf beiden Hochzeiten tanzen könnte. Das Arschloch sollte dafür bezahlen."

„Das stimmt auch wieder." Ich schob meinen Fingernagel zwischen meine Zähne und sah sie an. „Aber er ist der Vater meiner Kinder. Und es hat Auswirkungen auf sie, dass er so deprimiert und erschöpft ist. Ich versuche, das Richtige für meine Kinder zu tun." Ich seufzte schwer und starrte meine Freundin an.

„Rachel Jones. Du bist eine der wenigen Frauen, die ich kenne, die wahre Klasse haben." Gina hob ihr Glas hoch und prostete mir erneut zu, bevor sie noch einen Schluck trank.

„Ich fühle mich aber nicht so."

„Aber du bist es. Vertrau mir." Die Worte erwärmten mein Herz und ich musste lächeln. Es war schon eine Weile her, seit mich das letzte Mal jemand für meinen Charakter beglückwünscht hatte. Ich schien auf dem Weg zur Scheidung etwas meiner Selbstachtung und meines Mutes verloren zu haben.

Ich wollte diese Dinge zurückhaben.

„Vielen Dank, Gina. Es tut gut, das zu hören."

„Und *ich* würde gern hören, wer dein Botox macht." Sie grinste mich schüchtern an. „Du siehst jeden Tag jünger aus."

Ich konnte ihr nicht verraten, dass es gar kein Botox war. Zum Vampir zu werden hatte den Vorteil, dass die Verwandlung jedes Zeichen des Alterns auslöschte. Anstatt wie Ende Dreißig zu wirken, sah ich aus, als wäre ich in meinen Zwanzigern.

Ich stieß ein Lachen aus. Ihr Grinsen stockte und sie schnaufte. „Gut. Aber eines Tages werde ich herausfinden, wer es ist."

„Und in der Zwischenzeit musst du mir einen Gefallen tun", sagte ich.

„Was brauchst du?"

„Einen Job. Kennst du irgendjemanden, der eine Sekretärin braucht?", fragte ich hoffnungsvoll.

„Ganz spontan fällt mir niemand ein. Sekretariatsjobs sind schwer zu bekommen. Aber lass mich herumfragen."

„Aber bitte verrate niemandem, dass du für mich fragst.

Ich möchte nicht erklären müssen, warum ich einen Job suche."

„Ich werde diskret sein." Sie nickte.

„Und es muss auch nicht unbedingt ein Sekretariatsjob sein, obwohl dies das Einzige ist, worin ich Erfahrung habe. Ich habe als Sekretärin gearbeitet, während Miles Medizin studiert hat. Idealerweise hätte ich gern einen Job, bei dem ich mich nach dem Zeitplan der Mädchen richten kann und ganz viel Geld verdiene."

Sie lachte und schüttelte den Kopf. „Ach, richtig. Nun, das Einzige, was viel Geld einbringt, ist die Arbeit bei Liz' seltsamem Onkel Stan."

„Onkel Stan? Meinst du diesen Privatdetektiv?"

„Ja. Und er hat gerade einen seiner Mitarbeiter gefeuert. Er sollte sich im Schrank verstecken, um Fotos von der Frau seines Klienten mit ihrem Geliebten zu schießen. Die Frau hat ihn entdeckt und sie hatten am Ende Sex auf dem Schrankboden. Der Mann hat sie erwischt."

„Verdammt."

„Ja. Genau. Er bekam nicht nur keine Fotos, sondern er feuerte auch Onkel Stan." Sie schüttelte den Kopf. „Kannst du dir vorstellen, einen Job wie diesen zu haben, bei dem du einen riesigen Geldbetrag erhältst, um Leute beim Sex zu fotografieren?"

„Ein riesiger Geldbetrag? So viel kann er doch gar nicht zahlen." Eine Dringlichkeit, wie ich sie noch nie erlebt hatte, stieg in meinem Magen auf. Ich hatte den überwältigenden Drang, Onkel Stan an diesem Abend anzurufen.

„Der Fotograf bekam zweitausend Dollar pro Nacht für die Überwachung. Und noch mal tausend extra, wenn er die Fotos lieferte."

„Wow, selbst ohne Fotos würde er in einer Woche mit sieben Tagen zwölftausend Dollar verdienen, wenn er jede Nacht arbeitet."

„Ich weiß. Aber das ist kein Job für dich. Wie solltest du denn die ganze Nacht arbeiten und dann die Kinder zur Schule bringen und sie wieder abholen?" Gina schüttelte ihren Kopf. „Du solltest deinen Lebenslauf schreiben und ihn auf dieser Zeitarbeitsseite veröffentlichen. Manchmal wird aus einer befristeten Stelle eine Festanstellung, wenn man den Job gut macht." Sie zuckte mit den Schultern.

„Das ist eine gute Idee. Darüber habe ich noch gar nicht nachgedacht. Danke, Gina."

Später, nachdem Gina gegangen war, holte ich meinen Laptop hervor und rief die Seite der Zeitarbeitsfirma für Charming, Mississippi, und Umgebung auf. Ich zwang mich, mir alle Jobs anzusehen, obwohl ich unbedingt Onkel Stan und seine private Ermittlungsagentur suchen wollte.

„*Dieser Job ist nichts für dich.*" Ginas Worte hallten in meinen Gedanken wider, sodass ich mich schuldig fühlte, überhaupt über diese Idee nachzudenken. Stattdessen gab ich weiterhin Suchbegriffe auf der Zeitarbeitsseite ein.

Eine Flut von Stellenangeboten tauchte auf.

Es gab haufenweise nächtliche Arbeitsstellen für Kassierer an Tankstellen, aber das war nicht die Art von Job, die ich machen wollte. Dort wurde kaum ein Mindestlohn gezahlt.

Ich suchte weiter.

Es gab Lehrerassistentenstellen an der Schule der Mädchen, aber ich wusste, dass auch das nicht sehr viel einbrachte.

Es gab eine Stelle bei einem Autohändler, aber die Arbeitsstunden waren lang und es würde mir nicht erlauben, die Mädchen von der Schule abzuholen.

Ich suchte weiter.

Gegen zwei Uhr morgens, als meine Entschlossenheit nachgelassen hatte und der Köder von zwölftausend Dollar pro Woche zu viel für mich wurde, um ihm zu widerstehen, tippten meine Finger wie von selbst den Suchbegriff ‚private Vermittlungsagenturen in Charming, Mississippi' ein.

Es gab nur eine.

DISKRET P. I. AGENTUR erschien auf meinem Bildschirm.

Es gab keine Webseite, nur eine Telefonnummer und eine Adresse. Ich speicherte die Telefonnummer in meine Handykontakte ein.

Ich schloss den Laptop und spürte eine Aufregung, dass ich vielleicht, nur vielleicht, einen Job gefunden hatte, der in meinem Leben funktionieren würde.

Nachdem ich die Mädchen an der Schule abgesetzt hatte, würde ich Liz' Onkel Stan anrufen und versuchen, ein Bewerbungsgespräch mit ihm zu vereinbaren. Ich hoffte und betete nur, dass er noch niemand anderen eingestellt hatte.

KAPITEL FÜNF

*I*ch parkte meinen Volvo auf dem Parkplatz hinter einem der großen Bürogebäude in der Main Street. Ich hatte die Kinder kurz zuvor an der Schule abgesetzt. Vor fünf Minuten hatte ich Onkel Stan angerufen, um nach der offenen Stelle zu fragen, und er hatte mir gesagt, ich sollte sofort vorbeikommen, um darüber zu sprechen. Er sagte außerdem, dass er noch eine weitere Person hatte, die ebenfalls zu einem Vorstellungsgespräch kommen würde. Ich hatte keine Zeit, um mich umzuziehen, also fuhr ich in meiner schwarzen Röhrenjeans, weißgoldenen Turnschuhen und einer kurzärmeligen weißen Bluse mit dem Bild einer großen weißen Rose auf der Brust zu ihm ins Büro.

Ich betrachtete mich in meinem Rückspiegel. Ich hatte kein Make-up aufgelegt. Irgendwie war ich besorgt, dass mein ungeschminktes Gesicht Onkel Stan davon abhalten könnte, mich als eine echte Kandidatin für den Job in Betracht zu ziehen. Wenn ich gewusst hätte, dass ich heute ein Gespräch hätte, wäre ich mit vollem Make-up, Stöckelschuhen und in einem schwarzen Hosenanzug hierhergekommen. Ich wollte, dass er wusste, dass ich es mit diesem

Job ernst meinte. Und ich wusste, wie wichtig der erste Eindruck war.

Ich wühlte in meiner Handtasche herum, bis ich einen Lippenstift fand. Ich trug etwas der Farbe ‚Pretty Pink Berries‘ auf meine Lippen auf und rieb sie übereinander. Es war das Beste, was ich auf die Schnelle hinbekam.

Ich machte mich auf den Weg zur Vorderseite des Gebäudes und öffnete die Haustür. DISKRET P. I. AGENTUR befand sich in der obersten Etage des alten Gebäudes. Im ersten Stock gab es eine Damenboutique und einen Friseursalon. In der zweiten Etage einen Buchhaltungsservice. In der dritten Etage war eine der weniger herausragenden Anwaltskanzleien von Charming ansässig, die jeden Fall für ihre Mandanten zu verlieren schien, den sie je angenommen hatten.

Als der Aufzug im vierten Stock anhielt, versuchte ich, mein rasendes Herz zu beruhigen, bevor sich die Türen öffneten.

Ich trat in den dunklen Flur hinaus. Es war ein langer Flur mit einer einzelnen Glastür am Ende. Schimmel und Staub hingen schwer in der Luft und der alte Holzboden knarrte bei jedem Schritt, den ich lief.

Ich hielt an der Tür an und griff nach dem Knauf. Ich drehte ihn und musste der Tür einen Stoß mit meiner Schulter verpassen, um sie zu öffnen.

Die Tür gab schließlich nach und öffnete sich mit einem Knarren.

Dahinter befand sich ein alter Schreibtisch aus Metall. Darauf lag ein riesiger Haufen von Papieren. Der Stuhl dahinter war … leer.

„Hallo?" Meine Stimme hallte im Raum wider.

„Hier hinten." Die schroffe männliche Stimme kam aus einem Raum auf der rechten Seite. Ich folgte dem Klang mit einem Gefühl der Beklemmung.

Hatte ich mehr Angst davor, den Job nicht zu bekommen, oder etwa davor, tatsächlich eingestellt zu werden? Ich konnte mich nicht entscheiden.

Ich betrat den kleinen Raum, in dem es kaum genug Platz für einen Schreibtisch gab. Hinter dem vollen Schreibtisch stand der Mann, den ich als Liz' Onkel Stan erkannte. Er war klein und glatzköpfig mit einem dicken, runden Bauch. Niedrig auf der Spitze seiner Nase befand sich eine Brille und er blickte finster, als er durch die überall verstreuten Papiere auf seinem Schreibtisch wühlte.

„Ich weiß nicht, ob Sie sich an mich erinnern, aber ich bin Liz' Freundin. Rachel Jones. Wir haben uns letzten Sommer bei ihrem Kochabend kennengelernt." Ich streckte meine Hand aus.

Er würdigte mich kaum eines Blickes, bevor er mir die Hand schüttelte. „Dieses ganze verdammte Büro ist ein Durcheinander. Hier wurde gestern Abend eingebrochen."

„Hier? Wurde etwas gestohlen?"

„Ha! Nichts Wichtiges." Er schenkte mir ein Lächeln. Mir fiel auf, dass ihm ein Vorderzahn fehlte.

„Haben Sie die Polizei gerufen?" Ich verschränkte meine Hände ineinander und hatte Angst, irgendetwas am Tatort anzufassen.

„Polizei? Warum zum Teufel sollte ich das tun? Zur Hölle, ich habe belastende Fotos vom Polizeichef und dem Bürgermeister. Die Polizisten sind die Letzten, die ich anrufen würde." Er schnaufte und setzte sich auf seinen Stuhl. „Nehmen Sie Platz." Er deutete auf den Stuhl ihm gegenüber.

Ich setze mich und bemerkte, wie er die Augen zusammenkniff, als er mein Outfit studierte.

„Sie sehen aus wie eine Fußballmama."

„Ich bin eine Fußballmama." Ich blickte an meiner lässigen Kleidung hinunter. „Ich hätte mich für das Vorstellungsgespräch umgezogen, aber ich hatte keine Zeit, vorher nach Hause zu fahren."

Er sah mich mit geneigtem Kopf an. „Sie interessieren sich also dafür, für meine P. I. AGENTUR zu arbeiten."

„Ja, Sir." Ich atmete tief durch. „Sehen Sie, ich bin seit Kurzem geschieden …"

Er hob die Hand. „Ja. Ich weiß bereits alles darüber."

„Tatsächlich?" Ich rutschte auf meinem Platz herum.

Er sah mich an. „Charming ist eine kleine Stadt und in der Branche, in der ich tätig bin, weiß ich alles über jeden." Er nickte mir zu. „Ihr Ehemann ist dieser Arzt, der Sie mit Ihrer besten Freundin betrogen hat. Die Blondine mit dem knackigen Arsch."

Ich presste meine Lippen zu einer dünnen Linie zusammen. Es gefiel mir nicht, dass jeder, auf den ich stieß, dachte, Nikki hätte einen knackigen Arsch. „So toll ist ihr Arsch auch wieder nicht."

Er starrte mich schweigend an.

„Wie dem auch sei, ich brauche einen Job, um meine Mädchen zu unterstützen. Aber weil ich seit Jahren nicht mehr gearbeitet habe, war es schwer, etwas Passendes zu finden."

„Sie wollen also sagen, dass Sie viel Geld verdienen und um den Zeitplan mit Ihren Kindern herum arbeiten wollen." Er kniff seine abschätzenden Augen zusammen und sah mich an.

„Wie viele Kinder haben Sie?"

„Zwei. Sie sind in der Schule."

Er entspannte sich ein wenig und lehnte sich in seinem Stuhl zurück. „Mrs. Jones, wissen Sie ganz genau, was ich von einem Fotografen erwarte? Ich meine, es geht nicht gerade darum, Familienfotos im Freien zu schießen. Möglicherweise passt die Aufgabe nicht so gut zu Ihnen."

„Mr. …"

„Nennen Sie mich Onkel Stan. Ich brauche wirklich niemanden, der mich hier formell ‚Mr.' nennt."

„Onkel Stan. Ich verstehe, was der Job beinhaltet. Es geht darum, kompromittierende Fotos von Menschen in Charming zu schießen. Auch von Menschen, die ich möglicherweise kenne."

„Genau. Und es erfordert jemanden, der sich in ihre Umgebung einfügt, ohne aufzufallen."

„Das kann ich. Ich kann unauffällig sein."

„Können Sie auch professionell bleiben?"

„Natürlich."

„Ich frage Sie, ob Sie Ihren Job machen können, ohne dass Ihnen Ihre Emotionen oder Ihre Ethik in die Quere kommen. Könnten Sie Bilder von einer Ihrer Freundinnen schießen, die eine unanständige Tat begeht, und sie mir dann übergeben?"

„Ja." Meine Stimme zitterte. Ich bezweifelte stark, dass jemand, den ich kannte, irgendeine Tat begehen würde, die einen Privatdetektiv erforderte, der sie verfolgt.

Aber dann schoss mir Miles' Affäre durch den Kopf. Ich schob den Gedanken beiseite und rutschte leicht nervös auf meinem Stuhl herum.

„Was ist mit dem Fotografieren selbst? Werden Sie in der Lage sein, stundenlang zu warten, bis Sie das eine richtige Foto bekommen? Werden Sie in der Lage sein, Fotos von einem hochrangigen Politiker zu schießen, dem von einer Nutte eine Aubergine in den Arsch geschoben wird?"

Ich zuckte zusammen. „So etwas machen Leute wirklich?"

„Mehr als Sie es sich vorstellen können." Er nickte ernsthaft.

„Schauen Sie, ich kann den Job machen. Ich kann es wirklich. Tatsächlich ziehe ich es vor, unauffällig zu sein. Ich möchte nicht, dass jemand weiß, dass ich das tue."

„Gut, denn wenn ich Ihnen den Job gebe, dürfen Sie es

niemandem sagen. Noch nicht einmal Ihren Kindern. Wenn sich herumspricht, dass Sie meine neue Fotografin sind, werden die Leute weglaufen, wenn sie Sie auf der Straße sehen."

„Ich verstehe. Ich werde völlig diskret sein. Da ich um den Zeitplan meiner Kinder herum arbeiten kann, werden sie es nie erfahren."

„Was ist mit Nächten? Können Sie nachts arbeiten?"

Ich zögerte nicht. „Auf jeden Fall." Ich würde mir etwas einfallen lassen, sobald die Mädchen ins Bett gegangen waren. „Wäre es jede Nacht? Ich frage das nur, damit meine Nachbarn nicht misstrauisch werden, wenn ich jede Nacht verschwinde. Ich bin normalerweise ein Stubenhocker."

„Nicht jede Nacht. Möglicherweise zweimal pro Woche. In manchen Wochen überhaupt keine Nächte."

„Ich kann mir einen Babysitter besorgen. Das sollte kein Problem sein." Er zog eine Schreibtischschublade auf und holte eine Kamera heraus. Sie sah ziemlich teuer aus. Ich hatte Freunde, die ihre Kinder immer mit ihren teuren Kameras fotografierten. Um ehrlich zu sein, konnte ich es selbst nicht rechtfertigen, so viel Geld für eine Kamera auszugeben, wenn ich auch einfach Fotos mit meinem Handy machen konnte.

„Wie sieht es mit dem Fotografieren aus?" Er legte die Kamera vor mich hin.

„Gut", log ich.

„Ich werde Ihnen einen einmaligen Auftrag geben. Ich möchte sehen, wie Sie es machen, und werde mich danach entscheiden."

Mein Herz raste vor Erleichterung. „Vielen Dank. Was soll ich tun?"

„Ich möchte, dass Sie heute dieser Person folgen." Er schob ein Stück Papier über den Schreibtisch. „Hier ist seine Adresse. Er soll angeblich behindert sein. Behauptet, er wäre aufgrund eines Autounfalls erblindet. Wenn das wahr ist, sollte er sein Haus nicht verlassen."

Ich hatte den Namen in der Zeitung gelesen. „Shannon Curtis. Warum denken Sie, dass er nicht blind ist?"

„Ich habe mir seine monatliche Kreditkartenabrechnung angesehen. So wie es scheint, schaut er eine ganze Menge Internetpornos für einen Blinden", sagte Onkel Stan trocken.

„Vielleicht hört er sie sich nur an." Ich zuckte mit den Schultern.

„Vielleicht. Aber es ist Ihr Job, sein Haus zu überwachen und nah genug heranzukommen, um Bilder von dem zu schießen, was er dort drinnen macht. Er hat einen sehr hohen Zaun um seinen Garten herum und der letzte Fotograf hat es nicht geschafft, ihn zu überwinden. Ich habe das Gefühl, dass etwas Seltsames vor sich geht."

Ich nickte und griff nach der teuer aussehenden Kamera. „Ich habe heute etwas Zeit, bevor ich die Mädchen wieder abholen muss. Ich werde kurz nach Hause fahren und mir etwas anderes anziehen…"

„Nein!" Er hob seine Hand. „Ziehen Sie sich nichts anderes an. Sie sehen aus wie eine Mutter, die einen Hund verloren hat. Benutzen Sie das als Ihre Deckung, wenn Sie jemand aus der Nachbarschaft fragt, was Sie dort tun."

Ich nickte. „Sonst noch was?"

„Ja. Egal was passiert, lassen Sie Ihre Deckung nicht auffliegen. Diese Bilder werden eine Menge Geld wert sein."

„Und wenn er unschuldig ist?"

Ein faules Lächeln breitete sich auf seinen Lippen aus. „Schätzchen, sie sind nie unschuldig."

KAPITEL SECHS

*I*ch folgte meinem Navigationssystem zu der Adresse, die mich in eine schöne Nachbarschaft auf der anderen Seite der Stadt führte. Das Wohnviertel war klein und gemütlich mit großen Bäumen und penibel manikürten Rasenflächen. Die Häuser waren schon älter, aber man konnte sehen, dass die Bewohner sich große Mühe mit ihren Gärten gaben, und die Häuser hatten einen reizvollen Charme. Es sah aus wie ein Ort, an dem Rentner wohnten.

Am Straßenrand waren viele Autos geparkt. Ich beschloss, ebenfalls auf der Straße zu parken, ein Haus von Shannons Haus entfernt.

Mein Herz blieb fast stehen, als eine Frau die Haustür des Hauses öffnete, vor dem ich geparkt hatte, und ihren Blick auf mich richtete. Ich traf eine schnelle Entscheidung, griff nach der Kamera und stieg aus meinem Auto.

„Hallo!" Ich winkte ihr zu und lächelte, als ich auf sie zu lief.

„Ich kaufe nichts." Sie kniff die Augen zusammen. Sie war etwa Ende sechzig mit leicht ergrautem Haar. Sie trug eine graue Hose, eine hübsche mit Blumen bedruckte Bluse und flache Schuhe.

„Oh, ich verkaufe nichts." Das Lächeln gefror auf meinem Gesicht. Ich musste ihr einen Namen nennen. „Ich heiße Nikki Smith." Ich wählte den Vornamen meiner Ex-besten Freundin, weil ich sie hasste, und Smith, weil es ein sehr geläufiger Nachname war. „Ich möchte nur ein paar Fotos von der Nachbarschaft machen. Ich arbeite für die Highschool und suche nach einem Ort irgendwo im Freien, an dem wir die diesjährigen Abschlussporträts aufnehmen können." Ich sah mich vor ihrem Haus um und lächelte. „Ich kam nicht umhin zu bemerken, wie schön Ihre Rosen sind. Ihre Landschaftsgestaltung ist absolut atemberaubend. Haben Sie das professionell machen lassen?"

„Nein." Sie lächelte breit. „Das habe ich alles selbst gemacht. Ich und mein Mann. Ich heiße übrigens Betty Williams."

„Oh, Sie haben wirklich ein Auge dafür, Betty." Ich berührte sanft eine zartrosa Rose. „Macht es Ihnen etwas aus, wenn ich ein paar Fotos von Ihren Blumen und der Vorderseite des Hauses mache? Ich würde der Schule diesen Ort gern zeigen und wenn Ihr Haus ausgewählt wird, werden Sie hinten im Jahrbuch erwähnt werden."

„Oh, ähm, ja selbstverständlich." Sie hob den Kopf und lächelte äußerst selbstzufrieden.

„Betty, ich muss allerdings erwähnen, dass wir noch ein paar andere Häuser haben, die wir uns ansehen werden, bevor die Schule die beste Kulisse für die Fotos auswählt. Aber ich denke wirklich, dass Sie eine gute Chance haben zu gewinnen."

„Vielen Dank. Ich bemühe mich sehr, meine Blumenbeete und meinen Garten makellos zu halten. Es ist für mich fast wie eine Therapie." Betty hob ihr Kinn und war sehr zufrieden mit ihren Gartenarbeiten.

Ich hielt die Kamera hoch und wartete auf ihre Erlaubnis. „Darf ich?"

„Nur zu. Machen Sie ein paar Fotos. Ich helfe der Schule gern. Möchten Sie eine Tasse Tee, während Sie arbeiten?"

„Das wäre wunderbar. Vielen lieben Dank." Ich drehte mich um und richtete meine Kamera auf die Landschaft in der Nähe der Garage. Es sah so aus, als würde ich Fotos von Bettys Rosen schießen, aber in Wirklichkeit fotografierte ich Shannons offene Garage.

Die Frau verschwand im Haus und ich begab mich näher zum Rand des Gartens, näher an mein Ziel.

Die Tür an Shannons Garage öffnete sich plötzlich. Ich richtete meine Kamera auf die violetten Petunien, die entlang der Steingrenze verliefen, und tat so, als würde ich sie fotografieren.

Ich spitzte meine Ohren. Dem quietschenden Geräusch zufolge öffnete der Mann in der Garage den Gefrierschrank.

„Oh, da sind Sie ja." Betty reichte mir eine Tasse, in der ein Teebeutel schwamm. „Ich wusste nicht, wie Sie ihren Tee mögen, also habe ich erst einmal nichts hinzugefügt."

„Das ist perfekt. Ich trinke meinen Tee immer ohne Sahne und Zucker." Ich hob die Tasse an meine Lippen und trank einen Schluck.

„Das ist eine perfekte Tasse Tee."

Betty lächelte und trank einen Schluck aus ihrer eigenen Tasse. „Wissen Sie, wenn Sie einen Hintergrund für die Abschlussfotos suchen, sollten Sie wirklich einen Blick auf meinen hinteren Garten werfen. Ich habe dort einen Pavillon und einen Wasserfall, der von Blumen und Blättern umgeben ist."

„Wirklich?" Ich riss meinen Kopf zu ihr herum.

„Ja." Sie lachte. „Kommen Sie schon, wir können durch das Tor an der Seite gehen."

Ich folgte ihr, als sie mich in den hinteren Garten führte.

Das war sogar noch besser. Wenn ich einen Weg finden könnte, etwas höher zu gelangen, um in Shannons Hinterhof zu schauen, könnte ich ihn vielleicht dabei erwischen, wie er etwas tat, was darauf hindeutete, dass er in Wirklichkeit gar nicht blind war.

„Das ist wirklich wunderschön." Der Garten war mit Blumen verschiedenster Farben in den diversen Blumenbeeten gefüllt. Es gab einen Wasserfall mit Koi-Fischen in einem Pool. In der Nähe des Zaunes befand sich ein sehr großer Pavillon mit einer Sitzecke darunter.

Ihr Telefon summte und sie zog es aus ihrer Hosentasche.

„Ich lasse Sie hier hinten einfach Ihre Arbeit machen. Ich habe ein paar Törtchen, die ich noch verzieren muss, bevor ich sie ins Pflegeheim mitnehme."

„Oh, wie nett von Ihnen. Vielen Dank, dass Sie mich all diese Fotos machen lassen. Und ich weiß die Tasse Tee wirklich sehr zu schätzen."

„Gern geschehen. Ich bin drinnen, sollten Sie noch Fragen haben." Sie lächelte und lief zurück ins Haus, während sie fröhlich ins Telefon plauderte. Ich beobachtete, wie sich ihr Schatten durchs Haus bewegte. Ich nickte, die Küche befand sich am anderen Ende des Hauses auf der anderen Seite des Pavillons.

„Perfekt." Ich stellte die Tasse am Fischteich auf den Boden und machte mich auf den Weg zum Pavillon. Ich schoss ein paar Fotos, während ich lief und versuchte, auf die andere Seite in Shannons Garten zu spähen.

Als ich mir sicher war, dass sie nicht wieder herauskommen würde, schlang ich mir meine Kamera um den Hals und kletterte auf den Pavillon, um über den Zaun gucken zu können. Oben angekommen lächelte ich. Ich konnte Shannons gesamten Garten überblicken.

Es gab einen Grill und ein paar Gartenmöbel. Der Garten sah ziemlich leer aus und ich dachte schon, ich hätte alle

Hoffnung, ihm Dreck nachweisen zu können, verloren. Bis er in den Garten kam.

Er trug eine abgeschnittene Jeansshorts und sonst nichts. Ich verzog das Gesicht, als mein Blick auf seinen fetten Bauch fiel, der über den Bund der Shorts ragte.

Er hatte seine Sonnenbrille auf dem Kopf nach oben geschoben und hielt einen Laptop in der Hand. Er lief zur Gartenliege hinüber und setzte sich.

Für jemanden, der blind war, lief er ziemlich sicher herum. Aber vielleicht hatte er sich seinen Garten auch nur eingeprägt.

Ich hob die Kamera hoch und hielt sie vor mein Auge. Eine Welle von Schuldgefühlen überkam mich. Was wäre, wenn der Typ wirklich blind war? Was wäre, wenn der Typ tatsächlich nichts sehen konnte? Was für eine Person würde das aus mir machen?

Sein Handy klingelte und er zog es aus seiner Gesäßtasche.

Er blickte auf das Display und runzelte die Stirn, bevor er den Anruf annahm.

Ich neigte den Kopf. Wenn er blind wäre, könnte er das Display seines Handys nicht lesen.

Ich schoss ein weiteres Foto.

Shannon beendete schließlich den Anruf und warf sein Handy auf die Gartenliege. Er öffnete den Laptop und begann auf der Tastatur zu tippen.

Ich kniff die Augen zusammen und versuchte zu sehen, ob die Tastatur vielleicht Blindenschrift draufhatte. Ich hatte keine Ahnung, ob es so etwas überhaupt gab oder nicht, aber ich versuchte immer noch, in Bezug auf diesen Kerl optimistisch zu sein.

„Was zum Teufel!" Shannon warf seine Sonnenbrille auf die Terrasse und stand auf.

Ich erstarrte auf meinem Platz auf dem Pavillon. Hatte er mich gesehen?

„Ich kann einfach nicht glauben, dass die Arschlöcher versuchen, mir Pornos in Rechnung zu stellen. Pornos sollten kostenlos sein!" Er zog den Laptop zu sich heran und begann, wie ein Mann auf einer Mission wild drauflos zu tippen.

Warum sollte ein blinder Mann für Pornos zahlen müssen? Bestellte er sie, nur um die Stimmen zu hören?

Er knurrte und griff dann in seine Gesäßtasche. Er zog seine Brieftasche hervor und nahm eine Kreditkarte heraus. Er setzte sich an den Verandatisch. Er schaute von seiner Kreditkarte auf den Computer, wo er seine Kreditkartendaten eingab.

Ich kniff die Augen zusammen und schoss noch ein paar mehr Fotos.

Viele Fotos.

Jegliche Art Schuldgefühle, die ich zuvor gehabt hatte, waren mit den Schnappschüssen der Kamera verschwunden.

„Nikki, was machen Sie dort oben?", hörte ich Bettys Stimme über den Hof schallen.

Shannon unterbrach, was er tat, und riss seinen Kopf in meine Richtung herum.

Sein Blick traf auf meinen. Er starrte mich an. „Was zum Teufel machst du dort mit der Kamera?", brüllte er.

Scheiße, er hatte mich gesehen.

Ich begann schnell hinunterzuklettern. Mein Kameragurt verfing sich an einer der Holzlatten des Pavillons. Der Gurt zog sich wie eine Schlinge um meinen Hals zu. Meine Füße hingen mitten in der Luft, während ich an dem sich immer enger zusammenziehenden Riemen um meinen Hals herumriss, der meine Atmung abschnürte.

Panik stieg in meinem Körper auf. Ich musste etwas tun.

Ich packte einen der Holzbalken und zog mich hoch und

meinen Hals aus der Schlinge. Dann griff ich nach der Kamera, bevor ich wieder auf meinen Füßen landete.

„Hey Lady. Was zum Teufel machst du da? Versuchst du ein Nacktfoto von mir zu schießen?", schrie Shannon über den Zaun.

Betty kam in den Garten gerannt und starrte auf den Zaun. Shannon schlug gegen das Holz, als ob er versuchte, die Wand zu erklimmen.

„Kennen Sie ihn sehr gut?", fragte ich Betty.

„Ich gebe mich mit Leuten wie ihm nicht ab." Sie presste ihre Lippen zu einer dünnen Linie zusammen. „Seine arme Mutter ist gestorben und hat ihm das Haus hinterlassen. Er tut nichts, außer halb nackt herumzulaufen und den ganzen Tag vor dem blöden Computer zu hocken."

„Denken Sie, dass er gefährlich ist? Ich meine, es klingt so, als würde er gerade versuchen, in Ihren Garten einzubrechen. Das ist doch Ihr Eigentum." Mein Blick fiel erneut auf den Zaun. Ich sah eine Hand nach oben greifen und hörte viel Schniefen und Schnaufen.

„Mrs. Williams, ich glaube, wir sollten besser reingehen. Und vielleicht die Polizei anrufen." Ich legte meinen Arm um ihre schlanken Schultern und versuchte, sie in Richtung Haus zu führen.

Sie schüttelte meine Hand ab und starrte auf den Zaun. „Shannon, du reißt den Zaun besser nicht nieder. Ich werde dich verklagen."

„Er scheint sehr aktiv für einen Kerl zu sein, der nichts sehen kann", murmelte ich.

Sie drehte sich um und richtete ihren Blick auf mich. „Dieser Narr ist nicht blind. Er täuscht es nur vor."

Mein Mund fiel auf. „Sind Sie sich sicher?"

Sie erhob ihre Stimme, damit Shannon mit Sicherheit jedes Wort hören konnte, das sie sagte. „Natürlich bin ich mir sicher. Er begeht Versicherungsbetrug und ich habe genug von ihm und seinesgleichen, die nicht für ihr Geld arbeiten."

„Du alte Hexe. Wenn ich dort rüberkomme, werde ich …" Seine Worte verstummten. Er fluchte, stürzte gegen den Zaun und riss ein Stück des Zaunes mit sich.

„Das wird ihm eine Lehre sein." Betty hob ihr Kinn und stürmte wieder hinein.

Ich griff nach meiner Kamera, machte noch ein Bild von Shannon, der unter dem Zaun lag, und rannte zurück zu meinem Auto.

KAPITEL SIEBN

*I*ch brachte die Kamera zurück zu Onkel Stans Büro. Er schloss sie an seinen Drucker an und druckte ein paar der Bilder aus, die ich geschossen hatte.

„Die sind gut. Wirklich gut." Er nickte anerkennend. „Ich bin überrascht, dass es Ihnen gelungen ist, in seinen Garten zu schauen. Haben Sie eine Leiter oder so etwas benutzt?"

„Ich bin auf einen Pavillon geklettert." Ich saß auf dem Stuhl und gähnte. Draußen in der Sonne zu sein und vor einem Psychopathen zu fliehen, der eine Versicherungsgesellschaft betrog, hatte mich ausgelaugt.

Onkel Stan neigte den Kopf und kniff die Augen zusammen. „Sind Sie eingebrochen und haben den Garten der Nachbarn betreten?"

„Nein. Die Nachbarin, die neben ihm wohnt, Betty Williams, hat mich reingelassen." Ich zuckte mit den Schultern. „Ich habe ihr gesagt, dass ich nach Kulissen für die Abschlussfotos der Schule suche. Sie hatte einen hübschen Vorgarten und hat dann angeboten, mich auch den hinteren Garten fotografieren zu lassen. Sie bestätigte außerdem, dass sie auch nicht glaubt, dass er blind ist. Nur für den

Fall, dass Ihr Mandant sie als Zeugin vor Gericht aufrufen will."

Er stieß ein Lachen aus. „Das ist ja kreatives Denken. Es ist in diesen Fällen immer wichtig, nichts Illegales zu tun, um die Bilder zu bekommen. Sonst sind sie vor Gericht nicht zulässig."

Er griff in die Schublade und zog eine Geldkassette heraus. Er öffnete sie, zählte einige Scheine ab und schob sie in einen Umschlag.

„Ich zahle jedes Mal, wenn ich die Fotos erhalte. Sie müssen stets qualitativ hochwertig sein. Nichts Verschwommenes, Verwackeltes oder schwer Erkennbares. Die kann ich nicht gebrauchen." Er schob den Umschlag zu mir hinüber.

Ich riss die Augen weit auf. „Also habe ich den Job?" Ich nahm den Umschlag entgegen.

„Solange Sie Resultate bringen." Er schob die Kassette wieder in seine Schublade und schloss sie ab. Er grinste. „Nur zu. Ich weiß, dass Sie es zählen wollen." Er zog eine Augenbraue hoch.

Ich öffnete den Umschlag und zählte das Bündel der Einhundert-Dollar-Scheine.

„Das sind tausendzweihundert Dollar." Ich sah ihn überrascht an.

„Ja." Er entspannte sich wieder auf seinem Stuhl und verschränkte die Hände über seinem Bauch. „Es wird nicht immer der gleiche Betrag sein. Es kommt auf den Kunden und den Job an."

„Ich verstehe." Ich steckte den Umschlag in meine Handtasche.

Er schob die Kamera über den Schreibtisch zu mir zurück. „Behalten Sie die. Sie werden sie in ein paar Tagen für den nächsten Job brauchen."

„Was ist der Auftrag?"

„Es ist eine seltsame Angelegenheit." Er musterte mich.

„Und die hier war das nicht?" Ich runzelte die Stirn.

„Ich habe eine Klientin. Sie ist Mitglied der Siebenten-Tags-Adventisten-Freikirche. Sie möchte sich von ihrem Mann scheiden lassen, will aber nicht aus der Kirche austreten. Die Siebenten-Tags-Adventisten sehen Scheidungen nicht gern. Sie möchte eine Eskorte anheuern, um ihren Mann dazu zu bringen, Ehebruch zu begehen. Sie müssen Fotos von ihnen zusammen schießen, damit sie die den Kirchenältesten zeigen und sich mit ihrer Zustimmung scheiden lassen kann."

Ich schüttelte den Kopf. „Sie ist bereit, ihrem Mann mit einer Eskorte eine Falle zu stellen, um sich scheiden zu lassen? Was haben denn die Siebenten-Tags-Adventisten dazu zu sagen?"

„Das weiß ich nicht und es ist mir auch scheißegal. Aber sie will aus dieser Ehe raus und sie ist verzweifelt und würde alles tun", sagte Onkel Stan. „Sie werden bis Freitag nicht gebraucht. Dann findet das alles statt."

„Zahlt das genauso viel wie der Versicherungsbetrug?", schnaubte ich.

Er grinste. „Sogar noch mehr. Besorgen Sie diese Bilder und ich zahle Ihnen dreitausend Dollar."

Das Grinsen verschwand von meinem Gesicht. „Dreitausend?"

„Ja. Eine verzweifelte Frau würde alles tun, um aus einer unglücklichen Ehe herauszukommen."

* * *

AN DIESEM ABEND, nachdem die Kinder ins Bett gegangen waren, setzte ich mich auf mein Bett. Ich hatte alle meine Kontoauszüge und Rechnungen zusammengesammelt und um mich herum auf der Bettdecke meines Bettes verteilt. Nachdem ich mir alle Ausgaben angesehen hatte, wurde mir bewusst, dass dieser Job bei Onkel Stan sehr lukrativ sein würde. Wenn ich ein regelmäßiges Einkommen verdienen würde, könnte es die Summe abdecken, die Miles mir an Ehegatten-Unterhalt zahlte. Das hieß natürlich nur, wenn ich immer wieder an die Fotos käme.

„Was machst du da?", fragte Khalan von der Tür aus.

Mein Gesichtsausdruck verhärtete sich. „Du weißt aber schon, dass das hier ein Privathaus ist, oder nicht?"

„Und da du meine Nachkommin bist, hast du keine Privatsphäre." Er grinste.

Ich blickte von meiner Aufgabe auf. „Was willst du, Khalan? Bist du hier, um mich daran zu erinnern, was für eine Versagerin ich als Vampir bin?"

„Nur wenn du deiner Verpflichtung nicht nachkommt, mit mir auf die Jagd zu gehen."

Ich kniff die Augen zusammen. „Ist das heute Abend?"

Er starrte mich ausdruckslos an.

„Also gut." Ich stand auf und sah an meiner schwarzen Yoga-Hose und dem passenden T-Shirt hinunter. „Bin ich angemessen gekleidet oder muss ich mich umziehen."

„Komm schon." Er drehte sich um und verließ den Raum. Ich fand schnell meine Ugg-Stiefel und zog sie ohne Socken an.

In der Küche holte ich Khalan ein.

„Also werde ich wieder fahren?" Ich griff nach meiner Handtasche und blieb plötzlich stehen. „Warte mal, ich habe Gabby und Arianna völlig vergessen. Ich kann sie doch nicht einfach alleine hier zurücklassen."

„Darum habe ich mich bereits gekümmert." Er drehte sich um und deutete auf die Hintertür.

„Dort draußen sollte besser keine verzauberte Carla stehen. Ich habe ein echtes Problem damit, Leute dazu zu bringen, etwas gegen ihren Willen zu tun." Ich blinzelte aus dem Fenster, um den Umriss meiner Nachbarin auszumachen.

„Es ist nicht Carla." Er ging zur Tür und öffnete sie.

Ein sehr großer deutscher Schäferhund kam in die Küche gelaufen.

Ich sprang zurück und unterdrückte einen Schrei.

„Was machst du denn? Du kannst doch so ein Vieh nicht hier reinbringen." Ich lief ein paar Meter rückwärts.

Der Hund kam zu mir hinübergelaufen und setzte sich hin. Er neigte den Kopf und starrte mich an.

„Beißt der?"

„Nur, wenn du ihn darum bittest", knurrte Khalan.

„Klugscheißer." Ich richtete meinen Blick weiter auf den Hund. „Was macht der in meinem Haus? Ist das dein neuer Mitbewohner oder so?"

„Eher *dein* neuer Babysitter."

Ich riss meinen Kopf zu Khalan herum. „Oh. Zur. Hölle. Nein."

„Was?"

„Ich lasse meine Kinder nicht mit einem wilden Biest alleine, das ihnen die Kehle herausreißen könnte." Ich sah ihn mit großen Augen an.

„Du bist so eine Drama-Queen." Er seufzte und setzte sich auf einen Hocker an der Kücheninsel. Neben ihm schien meine Küche klein zu sein und es war, als wäre der Raum ein paar Meter geschrumpft.

„Und du kannst es doch nicht wirklich ernst meinen, dass ein Hund auf meine Kinder aufpassen soll."

„Natürlich tue ich das. Stell es dir vor wie dieser Hund, der in diesem Märchen auf Kinder aufpasst."

Ich blinzelte und stieß einen lauten Seufzer aus. Es sah nicht so aus, als hätte ich eine Chance, diese Diskussion zu gewinnen. „Wie heißt der Hund?"

„Killer."

Ich sah ihn genau an. Er grinste. Er wollte mich reinlegen. „Du bist ein Arschloch."

„Das sagst du immer wieder." Er stand auf. „Beeil dich und lass uns gehen." Er lief zur Tür, die zur Garage führte. „Es ist in Ordnung. Killer weiß, wie man Kinder beschützt."

„Was ist, wenn ein Feuer ausbricht?"

„Dann holt Killer die Kinder aus dem Haus und ruft den Notruf an."

„Der Hund weiß, wie man ein Telefon benutzt?"

„Der Hund ist schlauer als die meisten Menschen. Jetzt hör auf mit deiner Verzögerungstaktik und lass uns gehen, bevor sich all die guten Blutspender betrinken." Er lief in die Garage hinaus.

Ich drehte mich um und sah Killer an.

Ich zeigte mit dem Finger auf ihn „Hör zu, Freundchen. Du tust meinen Kindern nichts. Verstanden?"

Der Hund neigte den Kopf zur Seite und Sabber tropfte seitlich aus seinem Maul. Er blinzelte nicht, sondern hielt meinem Blick stand.

„Und lass auch nicht zu, dass jemand anderes ihnen etwas tut. In Ordnung?"

Der Hund starrte mich an, bis ich diejenige war, die blinzeln musste.

„Hm." Ich griff nach meiner Handtasche und folgte Khalan hinaus.

„Nur fürs Protokoll, ich habe ein schlechtes Gefühl dabei." Ich blickte zurück auf das Haus.

„Zur Kenntnis genommen. Jetzt lass uns gehen." Er lief die Einfahrt hinunter in Richtung Straße.

Ich folgte ihm und holte ihn schließlich ein. „Ich dachte, wir würden irgendwo hinfahren?"

„Und wie würde das aussehen? Dass du um Mitternacht von deinem Haus wegfährst und deine Kinder ganz alleine lässt."

Ich zögerte und sah mich in der Nachbarschaft um.

„Mach dir keine Sorgen. Alle in dieser Straße schlafen. Außerdem wird dich niemand in deinem Auto wegfahren sehen. Ich habe mein eigenes Gefährt mitgebracht. Es ist dort drüben an der Ecke geparkt."

Er blieb nicht stehen und konnte demzufolge die tödlichen Blicke nicht sehen, die ich ihm zuwarf.

In der Nachbarschaft war alles dunkel. Die einzigen Lichter strahlten von ein paar Sicherheitslaternen am Ende der Straße. Die Häuser waren alle stille, schlafende Riesen zwischen perfekt manikürten Rasenflächen. Für einen Besucher sah unsere Nachbarschaft makellos und wie der Inbegriff des perfekten Lebens aus.

Aber ich wusste, wie sich die Leute hinter ihren schönen Villen und den teuren Autos versteckten. Das Ganze war eine Illusion und Geld konnte weder Glück kaufen, noch für Seelenfrieden bezahlen.

Ich war eine Expertin für beides.

„Was für eine Art Fahrzeug hast du denn gebracht? Ein Pferd mit einer Kutsche?" Ich beeilte mich, um mit seinem Tempo Schritt zu halten.

„Wohl eher einen Bock."

Ich blieb stehen. „Ich reite auf keinem Tier. Großer Gott, ich hätte nicht gedacht, dass du so etwas tun würdest, da du ein so großer Tierliebhaber bist."

Er hielt an der Straßenecke an und zeigte auf ein verchromtes Motorrad. „Ich meinte diese Art von Bock."

Mein Mund klappte vor Staunen auf. „Woher hast du das?"

„Ich habe es gestohlen." Khalan zog die Schlüssel aus seiner schwarzen Jeanstasche und setzte sich auf die Maschine.

„Du bist so ein Großmaul. Ich bekomme nie eine klare Antwort von dir." Ich ging zu dem Motorrad hinüber. Es war groß und schwarz mit verchromten Teilen. Es gab sogar einen kleinen Sitzplatz hinter Khalans.

„Steigst du auf oder willst du laufen?" Er schaute mich über seine Schulter an.

„Ich bin noch nie mit einem Motorrad gefahren", sagte ich.

„Das überrascht mich nicht. Miles war wahrscheinlich auch der einzige Typ, mit dem du je geschlafen hast."

Ich ballte meine Hände zu Fäusten. „Du weißt überhaupt nichts über mich."

„Ach ja? Ich weiß, dass du zu viel Angst hast, um auf das Motorrad zu steigen."

Ich schüttelte den Kopf. Ich hielt mich an seinen Schultern fest und kletterte hinter ihm auf das Motorrad.

„Nur damit du es weißt, ich tue dies aus freiem Willen. Deine umgekehrte Psychologie wird bei mir nicht funktionieren."

„Schau mal, das ist mir egal. Und es wird hier auch kein langwieriges Gespräch geben. Ich habe Hunger und will endlich essen." Er drehte den Schlüssel und das Motorrad erwachte zum Leben.

Ich schlang meine Arme um seine Taille und drückte meinen Kopf gegen seinen Rücken. „Ich habe keinen Helm!"

„Keine Sorge. Du wirst ihn nicht brauchen. Wenn wir es zu Schrott fahren, wird es dich nicht umbringen. Es wird nur höllisch wehtun. Vergiss nicht, dass du unsterblich bist." Er fuhr vom Bordstein weg und beschleunigte in die Nacht hinein.

KAPITEL ACHT

*W*ir rasten in die Stadt. Es gab nicht viel Verkehr, aber auf dem Parkplatz des Einkaufszentrums waren ein paar Autos geparkt, um die sich ein Haufen Studenten versammelt hatte.

Ich atmete erleichtert auf. Alle, die ich kannte, würden jetzt wenigstens in ihren Betten liegen, sodass es kaum eine Chance gab, dass mich jemand auf dem Rücksitz des Motorrads eines Fremden erkennen würde.

Khalan wurde langsamer und bog in eine Seitenstraße ein, die zur Main Street führte. Dort gab es keine Bars und die Restaurants wären längst geschlossen.

Er kam auf einem leeren Parkplatz hinter einem Restaurant zum Stehen und schaltete den Motor aus.

„Was willst du hier? Hier ist doch niemand." Ich rutschte von meinem Sitz hinter ihm und sah mich in der leeren Stadt um.

„Es gibt immer irgendwen. Du schaust nur nicht genau genug hin." Er stieg mit der Eleganz eines Panthers von dem Motorrad ab. Bei seinem Anblick schlug mein Herz ein wenig schneller.

Ich schüttelte den Kopf. Khalan war gutaussehend ... auf seine schmuddelige, verdrießliche Art und Weise. Aber er war mein Schöpfer und er war bislang nicht sehr hilfreich gewesen, wenn es darum ging, mich zu lehren, ein Vampir zu sein.

Mitgefühl war definitiv nicht seine Stärke. Ich hingegen war überaus mitfühlend. Was bedeutete, dass wir definitiv nicht zueinander passten, wenn es zu romantischen Angelegenheiten kam.

„Wo gehen wir denn hin? Gibt es hier eine Art Untergrundvampirklub, der Menschen in ihren Tod lockt?" Ich schaute mich um und sah Khalan an.

Er stand dort und starrte zurück.

„Was?"

„Du musst wirklich aufhören, dir Vampirfilme anzusehen." Er rollte mit den Augen.

„Das habe ich nicht aus einem Vampirfilm. Es stammt aus einem Liebesroman." Ich zuckte mit den Schultern.

„Komm schon." Er lief in die Richtung eines Geschäfts an der Main Street. Ich holte ihn schnell ein.

Die Main Street hatte nicht die typische Kleinstadtatmosphäre. Obwohl es dort Restaurants und Anwaltskanzleien gab, gab es hier ebenfalls auch ein Tattoo-Studio und ein Spirituosengeschäft. Die Zweite Zentrale Baptisten-Kirche, die andere große Baptistengemeinde in Charming, hatte versucht, ihre Mitglieder dazu zu bringen, eine Petition zu unterschreiben, um die Eröffnung des Tattoo-Studios und des Spirituosenladens zu verhindern. Es hatte nichts gebracht. Am Ende waren beide eröffnet worden. Ich hatte gewusst, dass es dazu kommen würde, denn ich kannte so viele Baptisten, die Alkohol genossen. Mich selbst eingeschlossen.

Wir liefen die Straße entlang, die von Neonschildern der Geschäfte und Straßenlaternen beleuchtet wurde. Ein Typ kam aus dem Tattoo-Studio und lief auf uns zu. Ich neigte meinen Kopf nach unten und ließ mein langes dunkles Haar über mein Gesicht hängen. Ich konnte nicht riskieren, dass es jemand war, den ich kannte.

Khalan blieb vor dem Tattoo-Studio stehen und öffnete die Tür.

„Hier? Wir werden …" Ich sah mich um, um sicherzugehen, dass wir alleine waren, „hier zu Abendessen?"

„Ja, komm schon." Er winkte mich hinein.

Ich trat ein. Ich wurde vom schwachen Geruch der Tinte in der Luft überrascht. Hinter dem Tresen saß ein junger Kerl, der sich ein Motorradmagazin anschaute. Er schaute kaum auf, als wir eintraten.

„Wir sind gerade mit dem letzten Kunden fertig geworden. Für heute Abend machen wir zu", sagte der Typ.

„Tatsächlich?" Khalan trat an die Theke heran. Der Typ schaute auf. Seine Augen wurden größer, als er sah, wie Khalan sich über ihn beugte. „Du machst Feierabend und gehst jetzt nach Hause. Vergiss nicht, hinter dir abzuschließen."

Der Typ blinzelte nicht einmal, sondern befolgte einfach nur Khalans Befehl. Er stand mit glasigem Blick in den braunen Augen auf und lief zur Tür hinüber. Er drehte das Schild um, verließ das Gebäude und schloss die Tür hinter sich ab.

Khalan wartete nicht auf mich, sondern lief den Flur entlang. Als er an der Hintertür ankam, griff er nach dem Türknauf.

„Moment. Wir gehen? Wir sind doch gerade erst angekommen?", fragte ich. Mein Schöpfer begann mich langsam sehr zu irritieren. Ich hatte Besseres zu tun, als ihm auf eine sinnlose Jagd zu folgen.

„Wir gehen in die Gasse." Er wartete nicht auf mich, sondern lief einfach zur Tür hinaus.

Ich zögerte eine Sekunde und folgte ihm dann hinaus. Im Schatten der Gasse stand ein Typ, der einen dunklen Kapuzenpullover trug. Er hob eine Hand zu Khalan.

„Ist das …"

„Abendessen?" Er sah mich über seine Schulter an. Ein langsames, finsteres Grinsen breitete sich auf seinem Gesicht aus.

Khalan blieb ein paar Meter vor dem Fremden in seinem Ledertrenchcoat mit Kapuze stehen.

„Master Khalan." Der Mann schob die Kapuze von seinem Kopf und verneigte sich zu einer Verbeugung. Er war Ende vierzig mit graumeliertem Haar. Sein Bierbauch ragte über seine schwarze Lederhose hinaus und er stank nach billigem Parfüm. Er leckte sich den Schweiß ab, der sich auf seiner Oberlippe gesammelt hatte, und schaute mich mit weit aufgerissenem Blick an, bevor er Khalan wieder ansah. „Ihr habt eine Verabredung mitgebracht?"

„So etwas in der Art", zischte Khalan.

„Ich bin Blayze. Mit einem Ypsilon." Er verbeugte sich vor mir.

„Das ist nicht sein Name. Er heißt Bill." Khalan erschauderte.

„Aber Master, wenn ich diese Rolle spiele, ist mein Name Blayze." Er sah Khalan mit einer Mischung aus Angst und Aufregung an. Als er nervös sein Gewicht verlagerte, gab seine zu enge Hose ein quietschendes Geräusch von sich.

Khalan schüttelte nur angewidert den Kopf. Er deutete mit der Hand auf mich und knurrte. „Sie ist heute Abend meine Begleitung zum Abendessen. Nenn sie einfach U.O."

Ich funkelte ihn an. Khalan hatte mir den Spitznamen „Unfallopfer" gegeben, nachdem er mich in einen Vampir verwandelt hatte. Jetzt hatte das Arschloch ihn abgekürzt. Er wusste, wie sehr ich es hasste, weshalb er den Namen noch öfter benutzte.

„Nenn mich einfach Rachel." Ich schüttelte seine Hand.

„Wow, sie ist wunderschön, Master Khalan. Normalerweise bringt Ihr keine Verabredungen mit." Bill, ähm, Blayze sah Khalan an.

Ich runzelte die Stirn und wunderte mich über Khalans Sozialleben.

„Lass uns anfangen, ja?" Khalan wechselte das Thema und ich unterdrückte ein Grinsen.

„Ja, Master." Bill lief die Gasse entlang, weg vom grellen Licht der Sicherheitsbeleuchtung. Ich schaute hoch und mir fiel auf, dass es nirgendwo Sicherheitskameras gab.

„Wo gehen wir hin? Und warum hat dich Bill – oder Blayze mit Ypsilon, ‚Master' genannt? Er ist eindeutig ein Mensch. Weiß er, was du bist?", flüsterte ich Khalan zu.

„Du stellst eine Menge Fragen." Khalan schaute zu mir hinüber.

„Ich werde noch eine ganze Menge andere Fragen stellen, wenn du mir nicht sagst, was hier los ist." Ich biss die Zähne zusammen.

„Bill nennt mich Master, weil er und seine Freunde ein Teil einer Untergrundgruppe sind, die gern Rollenspiele spielen. Sie sind die unglückseligen Menschen, die sich mir anbieten, und ich bin der böse Vampir, der ihr Blut trinkt."

„Willst du mich verdammt noch mal verarschen?" Ich blieb plötzlich stehen.

Khalan hielt inne und starrte mich an.

„Bill weiß, dass du ein Vampir bist? Ist dir bewusst, wie schlimm das sein könnte? Dies ist eine kleine Stadt, verdammt noch mal. Alle werden es herausfinden und dann werden sie wissen, was ich bin." Ich drehte mich um und wollte weglaufen. Khalan griff nach meiner Hand.

„Ich habe dir doch gesagt, es ist ein Rollenspiel. Sie denken, dass ich ebenfalls eine Rolle spiele." Er lehnte sich nah an mich heran und senkte seine Stimme. „Nachdem ich ihr Blut getrunken habe, verzaubere ich sie. Sie erinnern sich nicht daran, dass ich tatsächlich Blut von ihnen trinke. Sie glauben nur, dass wir ein Rollenspiel spielen."

Bill blieb am Ende der Gasse stehen und zog einen Schlüssel heraus. Er schaute zu uns zurück. „Ist alles in Ordnung, Master?"

Ich schnaubte. „Ich wette, dass dir das gefällt."

„Dass er mich Master nennt?" Khalan zuckte mit den Schultern. „Ich würde es lieber von dir hören."

Ich stieß ein lautes Lachen aus und schlang meine Arme um meinen Bauch. „Darauf kannst du lange warten, Blutsauger."

Khalan funkelte mich an und lief dann auf Bill zu. Nachdem ich mich wieder gefangen hatte, folgte ich ihm.

KAPITEL NEUN

Wir betraten das Gebäude. Ich war schockiert zu sehen, wie viele Leute in unterschiedlichsten Kostümen sich in dem Gebäude befanden und plauderten. Das Innere des großen Raumes wurde von schwachem rotem Licht durchflutet und Schwaden von Rauch stiegen von einer versteckten Nebelmaschine am Boden auf im Versuch, den Raum gefährlich wirken zu lassen. Ringsherum waren Kerzen in allen Größen aufgestellt worden und sie beleuchteten den Weg zur Bar auf der anderen Seite des Raumes. Klassische Musik tönte aus den Lautsprechern.

Ich wedelte mit der Hand vor meinem Gesicht herum und hustete. „Ich hatte nicht erwartet, so viele Leute hier zu sehen. Und warum sind sie alle gekleidet, als kämen sie gerade von einem Renaissancefest?" Der Rauch der Nebelmaschine ließ meine Augen tränen.

„Ich habe dir doch schon gesagt, dass es eine Rollenspielgruppe ist. Außerdem tragen sie nicht alle Umhänge und Schottenröcke." Er deutete mit einem Nicken zum Ende der Bar. Eine junge blonde Frau trug ein Schulmädchenoutfit und hatte geflochtene Zöpfe. Sie nippte an einem Martini und musterte den Boden.

„Warum bin ich nicht überrascht?" Ich unterdrückte einen Schauer und sah mich im Raum nach Bill, ähm, ich meine, nach Blayze um.

Blayze war an die Bar gegangen und unterhielt sich mit dem Barkeeper.

„Also, was machen wir? Sehen wir uns einfach nur um und suchen uns jemanden fürs Abendessen aus? So wie man einen Hummer in einem Fischrestaurant aussuchen würde?"

„Wir warten. Sie werden zu uns kommen." Khalan verschränkte die Arme über der Brust und funkelte Blayze an.

Blayze' Augen wurden größer und er eilte hinüber zu der Frau in ihrem Schulmädchenkostüm.

„Ich wusste es. Ich wusste, dass du ‚die Fantasie eines jeden Mannes' bestellt hast." Ich schüttelte den Kopf.

Bevor Khalan antworten konnte, kam Blayze zu uns hinübergeeilt.

„Master Khalan. Die Frau an der Bar, Lucy, ist sehr interessiert an Euch und Eurer Begleitung. Sie sagte, sie hätte noch nie eine Menage gehabt."

„Moment mal." Ich hielt die Hand hoch und wich einen Schritt zurück. „Ich weiß nicht, worauf Lucy steht, aber ich sage dir jetzt mal etwas, Blayze mit Ypsilon. *Ich* stehe nicht auf Dreier." Ich funkelte ihn böse an.

„Ich wollte nicht respektlos sein." Er schaute mich mit großen Augen an und wischte sich den Schweiß von der Stirn. Sein Anblick allein machte mir Lust auf ein ausgiebiges Bad.

„Ich will das Schulmädchen nicht. Sie ist nicht mein Typ." Khalan sah sich im Raum um. Er entdeckte einen Kerl in der Ecke, der einen grünen Umhang trug und ein Bier trank. „Was ist mit ihm?"

Blayze folgte Khalans Blick. „John?" Er schaute Khalan wieder an. „Aber er ist so … normal."

„Mir gefällt normal." Ich hob meinen Kopf.

„Aber Master Khalan, Lucy ist bereit, für die Erfahrung … extra zu bezahlen." Blayze' Oberlippe glänzte und ich konnte den Schweiß an ihm riechen. Diese Lederhose würde ziemlich abartig sein, wenn diese Nacht vorüber war.

„Ich sagte, wir nehmen John", knurrte Khalan ihn an.

Blayze wich einen Schritt zurück und sein Blick weitete sich vor Angst. Er nickte und eilte zurück zur Bar, wobei seine Lederhose bei jedem Schritt quietschte.

Khalan hatte seine Aufmerksamkeit auf ein Pärchen in der Ecke gerichtet, das gerade rummachte. Ich schaute Blayze wieder an. Er sprach mit der Frau, die Khalan angefordert hatte. Ich konnte ihr Gesicht nicht sehen, aber der Art und Weise nach zu urteilen, wie sie ihr Martiniglas wütend auf der Bar abstellte, war sie nicht glücklich.

„Du zwingst diese Leute, für das Trinken ihres Blutes zu bezahlen?" Ich sah zu Khalan hinüber.

„Ich lasse sie für gar nichts bezahlen. Bill ist derjenige, der ihnen das Geld abnimmt. Ich nehme nur das Blut." Er zuckte mit den Schultern.

„Aber erscheint es dir nicht falsch, dass er von dir profitiert?" Ich rieb mir die Schläfe. Leichte Kopfschmerzen brauten sich in meinem Kopf zusammen und ich wusste, dass sie zu einer Migräne führen würden, wenn ich nicht bald Blut bekäme.

„Ich bin wegen des Blutes hier. Was kümmert es mich, wenn Bill damit nebenbei Geld verdient. Außerdem könnte ich ihn verzaubern, dass er mir den ganzen Profit gibt, wenn ich es wollte."

„Und doch habe ich irgendwie das Gefühl, dass du es nicht tust." Ich verschränkte die Arme und musterte ihn. Er war ein Rätsel für mich. Ein Monster mit einem großen Herzen.

„Master Khalan und U.O." Blayze erschien mit John an seiner Seite. „John ist überaus gewillt, Euch beide zufrieden-zustellen." Blayze verneigte sich und wich zurück.

„Perfekt", antwortete Khalan schroff. „Lasst uns in die Lounge gehen."

*I*ch folgte Khalan in einen weiteren Raum des Gebäudes. Dieser Raum lag jenseits des Barbereichs und hatte halbrunde Sitzecken mit Tischen in der Mitte.

„Es ist mir eine Ehre, meinem Master und seiner Gemahlin heute Abend zu dienen", sagte John ehrfürchtig.

Khalan stieß ein Lachen aus, das Johns Augen größer werden ließ.

Ich riss meinen Kopf zu dem Menschen herum und funkelte ihn an. „Ich bin nicht seine Gemahlin."

„Setzt euch." Khalan deutete auf eine Sitzecke.

Ich wollte ihm widersprechen, aber die Belustigung verschwand schnell aus seinem Gesicht. Außerdem hatte ich auch Hunger. Ich seufzte und rutschte in die rote Sitzecke. John folgte und rutschte neben mir hinein, hatte jedoch leichte Schwierigkeiten, als sich sein Umhang an der Kante des Tisches verfing. Seine Augen wurden groß, als sich der Stoff um seinen Hals zusammenzog.

„Oh verdammt. Warte. Lass mich dir helfen." Ich befreite

ihn von seinem Umhang. Khalan stand dort und rollte mit den Augen.

„Danke." Johns Gesicht war rot vor Scham.

Der Typ tat mir leid. Er versuchte, die Rolle zu spielen, und stand nun wie ein Idiot da.

Khalan ließ sich neben ihm nieder. Er verschwendete keine Zeit und starrte den Kerl an. Johns Augen weiteten sich vor Angst, als er Khalan ansah.

„Nehmet mein Blut, damit Euer Durst gestillt wird", sagte John und senkte in einer dramatischen Geste die Kapuze seines Umfangs.

„Du wirst uns dein Blut freiwillig geben und dich an nichts mehr erinnern, wenn wir gehen. Du wirst dich weder an unsere Gesichter noch an unsere Namen erinnern. Verstanden?"

„Ja, Master. Ich verstehe."

„Zwingst du ihn wirklich, dich Master zu nennen?" Ich verschränkte die Arme vor meiner Brust und war ziemlich sauer über die ganze Situation. Ich schüttelte den Kopf. „Und was soll der ganze Qualm. Der ist schrecklich für meine Nebenhöhlen."

„Ich zwinge ihn nicht, mich Master zu nennen. Das ist seine eigene Idee. Außerdem hält der Qualm Werwölfe fern." Khalan warf mir einen seltsamen Blick zu, bevor er John wieder anstarrte.

„Du meinst, solche wie Jack?"

„Hör mir mal zu, halte du dich von Jack fern. Er macht nichts als Ärger."

„Aber du hattest kein Problem damit, die Welpen zu seinem Rudel zu bringen. So viel Ärger kann es dann ja wohl nicht sein, wenn du die mutterlosen Kojoten bei ihm lassen würdest."

„Es ist nicht sein Rudel. Jack hat kein Rudel. Er ist nur auf der Durchreise durch Mississippi. Außerdem umgibt sich unsere Art nicht mit seiner Art." Khalan warf mir einen warnenden Blick zu.

„Das ist so ein veraltetes Denken." Ich funkelte ihn an.

„Mach deinen Hals frei", knurrte Khalan John an und beendete damit das Gespräch.

John gehorchte und neigte seinen Kopf zurück gegen die Rückenlehne der Sitzecke.

Khalan sah mich an. „Du weißt noch, was du tun musst?"

Sein Blick wurde dunkler und mein Magen wurde warm, als er mich ansah. Etwas Raubtierhaftes und Lüsternes glühte in seinen Augen, die vom Kerzenlicht auf dem Tisch angeleuchtet wurden.

„Ich weiß es noch." Meine Stimme wurde tiefer. Ich schluckte, als ich versuchte, mich wieder unter Kontrolle zu bringen.

War es der Blutdurst? War es die Umgebung? Oder lag es nur daran, dass ich mit Khalan zusammen war?

Alle diese Gründe machten mir Angst, einige mehr als andere.

Er nickte und gab mir damit das Zeichen, das erste Blut zu nehmen. Ich drückte meinen Mund gegen Johns Kehle und biss in die pulsierende Ader direkt unter seiner Haut.

Kupfernes, warmes Blut füllte meinen Mund und ich stöhnte auf. Ich saugte fest und genoss jeden Zug des Blutes in meinem Mund.

Khalan stöhnte und ich öffnete meine Augen. Er trank noch nicht. Er starrte mich mit solch dunklen Augen an, dass ich am liebsten über John geklettert wäre, um auf Khalans Schoß zu sitzen.

Schließlich neigte auch Khalan seinen Kopf und biss John in die andere Seite seines Halses.

Wir waren einander so nah, dass ich spüren konnte, wie Khalans Haar meines berührte. Mein Herzschlag wurde schneller. Er streckte seine Hand zu meinem Nacken aus und schlang seine Finger um meinen Hals. Bei dieser kleinen intimen Geste schossen mir solch unangebrachte Gedanken durch den Kopf, dass es mir Angst machte. Ich konnte meinen Körper nicht mehr kontrollieren.

Ein weiteres Beispiel für einen Mann, der versuchte, die Kontrolle in meinem Leben zu übernehmen.

„Stopp." Khalans Stimme war so nah an meinem Ohr, sein Atem heiß an meiner Wange.

Ich löste mich von John und schaute Khalan mit schweren Lidern an. Sein Blick fiel auf meinen Mund und er stöhnte.

„Was? Klebt mir Blut am Mund?" Ich wollte mir die Lippen abwischen, aber er fing meine Hand in der Luft.

Alles passierte so schnell, dass es ganz verschwommen war.

Er presste seinen Mund auf meinen und küsste mich tief und sinnlich. Lust schoss wie ein glühender Pfeil durch meinen Körper und ich krallte mich mit den Händen an seinem Haar fest, um seinen Mund nah auf meinem zu halten.

Er schlang seine großen Hände um meine Taille und zog mich über Johns Schoß, bis ich rittlings auf ihm saß. Er griff in mein Haar und ich rieb mich an seiner Erektion.

Es war mir egal, dass die anderen Leute im Raum uns sehen konnten. Ich war nur noch daran interessiert, meine Lust zu sättigen.

„Wie viel? Für die Frau?", tönte eine Stimme hinter uns.

Khalan löste seinen Mund von meinem und ich stöhnte. Ich wollte nicht aufhören, ihn zu küssen. Ich wollte noch andere Sachen mit ihm machen.

„Was hast du gesagt?", knurrte Khalan den Mann im Schottenrock an.

„Wie viel kostet die Frau?" Er richtete seinen Blick erneut

auf mich und ließ seine Augen von oben bis unten über meinen Körper wandern. Ich zuckte zusammen.

„Du bist wirklich nicht mein Typ", knurrte ich ihn an. „Ich gehe nicht mit Männern aus, die Röcke tragen."

„Ich will nicht mit dir ausgehen. Ich will dich nur ficken", sagte der Schottenrock.

Khalan brüllte wie ein wildes Biest. Er schob mich von sich hinunter und sprang aus der Sitzecke auf. Er packte den Kerl beim Kragen seiner Kutte und hob ihn in die Luft. „Sie gehört dir nicht. Sie gehört mir. Und wenn du dich ihr noch einmal näherst, reiße ich dir die Kehle heraus und schiebe sie dir in den Arsch."

„Master Khalan", rief Blayze und kam hinübergeeilt. Er flehte Khalan an, während er versuchte, ihn dazu zu bringen, den Kerl im Schottenrock loszulassen. „Er ist neu hier. Er kennt die Regeln noch nicht. Ich verspreche, dass ich ihn nie wieder hier hereinlasse."

„Das will ich dir geraten haben." Khalan warf Blayze einen warnenden Blick zu und ließ den Kerl los. Der Schottenrock fiel zu einem Häufchen zu Boden.

Khalan nahm mich bei der Hand und hetzte mit mir aus dem Gebäude. Als wir draußen waren, blieb ich stehen und versuchte, wieder zu Atem zu kommen.

„Passiert dir das öfter?" Ich sah ihn unter meinen langen Wimpern an.

„Nein. Mich hat noch nie ein Mensch so respektlos angesprochen." Khalan ballte seine Hände zu Fäusten und streckte sein Gesicht dem Nachthimmel entgegen.

„Ich meinte, ob du schon jemals eine andere Frau mit in diesen Klub genommen und mit ihr vor allen Leuten rumgemacht hast, nachdem du von einem Menschen getrunken hattest?" Ich schluckte und zwang mich, ihn anzusehen.

Er starrte mich einen Moment lang an. „Es ist der Blutdurst."

Er hatte meine Frage nicht beantwortet. Ich wollte eine klare Antwort hören. Etwas, das er wie immer gekonnt vermied.

KAPITEL ELF

*I*ch stand dort und wartete auf eine Antwort, von der ich wusste, dass ich sie nicht bekommen würde, als ich aus dem Augenwinkel eine Bewegung wahrnahm. Ich wischte mir mit den Fingerspitzen Khalans Geschmack vom Mund und schaute nach links.

Nikki.

Wut strömte durch meine Adern. Ich knurrte.

„Was zum Teufel macht sie so spät noch hier draußen?" Ich lief hinüber zum Kettengliederzaun und krallte meine Finger in das Metall, als ich ihr hinterher sah.

Nikki lief vom Parkplatz zu dem Gebäude, in dem Onkel Stan seine Privatdetektei hatte. Es gab keine anderen Geschäfte, die so spät noch geöffnet waren, nur sein Büro.

Ich blinzelte.

„Was machst du da?", fragte Khalan hinter mir. Ich spürte seinen Atem auf meinem Haar und ein kleiner Schauer der Lust strömte durch meinen Unterleib. Ich versuchte, die Erregung zu ignorieren, die in mir aufstieg, wenn er mir so nah war. Es war beängstigend zu denken, dass ich eine so heftige körperliche Reaktion auf einen Typen haben konnte. Insbesondere auf einen Untoten.

Ich schluckte schwer. „Ich beobachte meine ehemals beste Freundin. Was will sie in Onkel Stans Büro?"

„Wer ist Onkel Stan?", fragte er.

„Mein neuer Arbeitgeber." Ich zuckte mit den Schultern.

„Ah. Ja. Du willst dir also tatsächlich einen Job suchen, um dich selbst zu versorgen, anstatt deinen Ex-Mann bezahlen zu lassen, wenn es drauf ankommt." Er gluckste. „Komisch, ich hätte gedacht, dass du dich nicht mehr von ihm manipulieren lässt."

„Ich lasse mich nicht von ihm manipulieren", sagte ich und kniff die Augen zusammen.

„Er hat dir wahrscheinlich eine rührselige Geschichte darüber erzählt, wie ihm sein protziges Midlife-Crisis-Auto weggenommen wurde, und dass er jetzt über Mrs. Grishoms Garage wohnen muss."

Ich drehte mich um und sah ihn an. „Wenn du das alles schon weißt, warum fragst du mich dann?" Ich drehte mich wieder zum Gebäude um. „Außerdem suche ich mir den Job nicht für ihn. Ich arbeite meinen Töchtern zuliebe. Sie wollen ihn nicht einmal mehr sehen, weil er so deprimiert ist und in einem Kakerlakenhotel wohnt."

Er sah mich an.

„Ich kann mich nicht für immer auf sein Geld verlassen. Ich muss unabhängiger werden." Ich zuckte mit den Schultern.

Das Licht in Stans Büro ging an.

„Komm schon." Ich sprang über den Kettengliederzaun und landete auf der anderen Seite. Mit frischem Blut in meinem Kreislauf hatte ich das Gefühl, dass ich es mit allem aufnehmen konnte. Sogar mit meiner ehemaligen besten Freundin, die mich betrogen hatte, indem sie hinter meinem Rücken eine Affäre mit meinem jetzigen Ex-Ehemann hatte.

Ich wartete nicht, um zu sehen, ob Khalan mir folgte. Ich hoffte, dass er wenigstens auf mich warten würde, damit er mich wieder nach Hause fahren konnte. Ich hatte wirklich keine Lust, die dreißig Kilometer nach Hause laufen zu müssen.

Ich hielt an der Tür inne, durch die Nikki ins Gebäude gelaufen war. Ich drehte den Knauf. Sie war noch immer unverschlossen. Ich schlich mich hinein und ging zur Treppe, anstatt den Aufzug zu benutzen. Als ich die Treppe hinaufeilte, knarrte jede Stufe laut unter meinen Füßen. Im richtigen Stockwerk angekommen spähte ich in den Flur, um sicherzugehen, dass er leer war, bevor ich weiterlief.

In Onkel Stans Büro brannte ein kleines Licht. Ich hörte gedämpfte Stimmen.

Ich schlich mich näher heran und hielt den Atem an.

„Ich möchte Sie engagieren, um meinen Mann zu finden", sagte Nikki. Ihre Stimme klang irgendwie seltsam.

„So wie ich es verstehe, hat Ihr Ehemann Brad einen Abschiedsbrief hinterlassen und ist in seinem Truck verschwunden", erwiderte Onkel Stan.

„Ja."

„Mrs. Stollings. Ich werde offen mit Ihnen sein." Onkel Stan seufzte.

„Nur zu."

„Haben Sie irgendeinen Grund zur Annahme, dass er nicht tot ist? Dass er vielleicht einfach nur abgehauen sein könnte, um ein neues Leben zu beginnen? Es ist wirklich kein Geheimnis, dass sie eine Affäre mit Rachel Jones' Ehemann Miles hatten. Manche Männer können mit einer solchen Demütigung nicht umgehen und wollen einfach irgendwo anders neu anfangen, wo niemand ihren Namen oder ihre Vorgeschichte kennt."

Ich grinste. Ich mochte Onkel Stan von Minute zu Minute mehr.

„Brad würde nicht einfach abhauen und mich verlassen", sagte Nikki leise. „Er wusste schon eine Weile von der Affäre. Erst als Rachel es herausfand und aufdeckte, erkannte Brad, dass unsere Ehe tatsächlich vorbei war. Er war am Boden zerstört."

„Ich verstehe. Und jetzt wollen Sie, dass ich seine Leiche finde, weil …?"

„Sehen Sie, die Lebensversicherung wird erst ausgezahlt, wenn ich eine Bestätigung für seinen Tod habe."

„Miststück", flüsterte ich vor mich hin. Eine Hand kam von hinten und bedeckte meinen Mund. Ich hätte geschrien, aber mir wurde bewusst, dass es Khalan war.

„Also wollen Sie das Geld von der Lebensversicherung kassieren", sagte Onkel Stan.

„Es fällt mir schwer, ohne Brad die Hypothek zu zahlen. Ich hätte nie gedacht, dass ich mich in einer solchen Situation wiederfinden würde." Ihre Stimme bebte.

„Na, na, Mrs. Stollings", sagte Onkel Stan leise. „Ich verstehe Ihre Position. Ich muss allerdings wissen, wie Sie planen, mein Honorar zu bezahlen, sollte ich den Job annehmen. Wie Sie selbst eben gesagt haben, haben Sie finanzielle Probleme."

„Ich habe etwas auf einem Sparkonto, von dem Brad nichts wusste. Ich habe bei jedem Gehaltsscheck ein wenig zur Seite gelegt. Und ich kann mehr bezahlen, wenn ich die Auszahlung von der Lebensversicherung erhalte. Werden Sie den Fall übernehmen?"

„Das werde ich." Ich hörte, wie er eine Schublade öffnete. „Ich brauche nur ein paar Informationen über Ihren Mann und eine Telefonnummer, um mit Ihnen in Kontakt zu bleiben."

Ich schob Khalans Hand von meinem Mund und deutete ihm an, mir die Treppe hinunter zu folgen. Unten angekommen eilten wir hinaus und liefen im Schatten der Gebäude zurück zu seinem Motorrad.

„Was sollen wir jetzt machen?", fragte ich und sah Khalan an, als er auf das Motorrad stieg.

„Wir fahren nach Hause." Er zuckte mit den Schultern.

Ich legte eine Hand auf seine Schulter. „Das hier ist ernst. Sie beginnen eine Untersuchung, um Brads Leiche zu finden."

„Nun, ich nehme an, sie werden ihn wohl nur dann finden, wenn sie klug genug sind, auf dem Grund des Mississippi zu suchen." Er ließ den Motor an. Ich stieg hinter ihm auf.

Sorge drängte sich in meine Gedanken und breitete sich in meinem ganzen Körper aus.

„Das gefällt mir nicht. Was ist, wenn sie ihn finden?" Ich schlang meine Arme um seine Taille.

„Ich bezweifle es, aber wenn es passiert, werden sie einfach annehmen, dass er bei lebendigem Leib von den Welsen gefressen wurde."

Er bog auf die Straße ein und fuhr zurück nach Hause.

KAPITEL ZWÖLF

„*Ich bin die Verführerin aus Memphis. Niemand kommt mir gleich. Ich bin deine wahre Liebe und Seelenverwandte. Bis in alle Ewigkeit.*"

Ich sah meine Mädchen durch den Rückspiegel auf dem Rücksitz an. Sie beide sangen lautstark den neuesten Song der Country-Sängerin Memphis mit. Memphis war das neueste Country-Pop-Sternchen, das die Plattencharts im Sturm eroberte. Sie war Mitte zwanzig und hatte eine verblüffende Ähnlichkeit mit Britney Spears. Ihr neuester Hit, *Verführerin aus Memphis*, war derzeitig Nummer eins in allen Plattencharts.

Sie behauptete außerdem, mit dem verstorbenen Elvis Presley verwandt zu sein, und trug funkelnde rosa Hosenanzüge, die jede Kurve ihres perfekten Körpers betonten.

Ich stellte das Radio leiser.

„Mom! Dreh das wieder auf!", rief Arianna mit lauter Stimme.

Ich seufzte und willigte ein.

„Ich dachte, du magst Memphis?", fragte Gabby vom Rücksitz aus.

„Das tue ich auch. Nur dieses Lied gefällt mir irgendwie nicht. Irgendwas daran stört mich irgendwie." Ich betätigte den Blinker und bog in unsere geschlossene Nachbarschaft ein. Als wir in unserer Einfahrt einbogen, war das Lied zu Ende.

Die Mädchen stiegen bereits aus dem Volvo, noch bevor ich meinen Sicherheitsgurt gelöst hatte.

„Esst vor dem Abendessen nicht so viele Süßigkeiten", rief ich ihnen nach. „Ich mache heute Abend Lasagne."

Sie murmelten beide etwas, bevor sie im Haus verschwanden.

Ich schloss das Garagentor und lief in die Küche. Auf dem Küchentresen stand eine vertraute Kühlbox. Ich kniff die Augen zusammen.

Khalan.

Ich wusste es zu schätzen, dass er mir Blut brachte, bevor er die Stadt verließ, aber es gefiel mir nicht, dass er in mein Haus kam, wenn ich nicht zu Hause war. Ich empfand es als indiskret und grenzüberschreitend. Ganz zu schweigen davon, dass er das Blut einfach so auf den Küchentisch stellte. Was wäre, wenn Arianna oder Gabby die Tasche geöffnet hätten? Wie sollte ich eine Kühlbox voller Blut erklären?

Ich seufzte. Die Tatsache, dass er mir Blut gebracht hatte, bedeutete, dass er irgendwohin auf Reisen ging.

Würde er an einen Strand fahren? Oder zog er einen dunkleren Ort vor, so wie Island?

Ich legte meine Handtasche auf die Kücheninsel und nahm ein Paket gefrorenes Hackfleisch aus der Tiefkühltruhe. Ich sammelte gerade die anderen Zutaten aus der Speisekammer zusammen, als mein Telefon klingelte.

Beim dritten Klingeln ging ich ran.

„Hallo?"

„Rachel. Bitte leg nicht auf. Hier ist Nikki."

Mein Herz klopfte lautstark in meiner Brust. Etwas überkam mich und ich erstarrte, unfähig zu sprechen oder aufzulegen.

„Rachel? Bist du dran?" Nikkis Stimme war sanft. Aber ich wollte mich nicht täuschen lassen. Sie war eine Schlange, die ihr wahres Ich über Jahre hinweg vor mir versteckt hatte. Sie war jemand, dem ich mit meinem Herzen und meiner Familie vertraut hatte. Und sie hatte mich betrogen.

„Ich bin dran." Meine Stimme war unheimlich ruhig.

„Ich weiß, dass es schwierig ist, aber ich muss mit dir reden. Es geht um Brad."

Ich spürte, wie mein Gesicht vor Wut heiß wurde. Kein „Tut mir leid, dass ich mit deinem Mann geschlafen habe" oder ein „Tut mir leid, dass ich dich betrogen und deine Ehe zerstört habe". Nein, Nikki dachte wie immer nur an sich.

„Warum machst du dir jetzt auf einmal Sorgen um deinen Ehemann, Nikki?" Ich klammerte meine Hand fester um das Handy. „Hättest du dich mehr um deinen Mann gekümmert als um meinen, wärst du jetzt nicht in dieser Notlage."

„Rachel, ich weiß, dass du wütend bist. Und du hast ein Recht auf deine Gefühle. Aber ich versuche herauszufinden, wo Brad ist."

„Nikki, du bist das egoistischste Miststück, das ich jemals in meinem Leben getroffen habe. Die ganze Stadt weiß, dass Brad einen Abschiedsbrief hinterlassen hat, in dem geschrieben stand, dass er sich das Leben nehmen will. Und dass er mit seinem Truck abgehauen ist. Das lässt nur eine Möglichkeit, wo er sein könnte."

„Hat er mit dir gesprochen? Über irgendetwas?", fragte sie vorsichtig.

Unbehagen kroch meinen Rücken hinunter. Warum stellte sie mir jetzt auf einmal diese Fragen? Hatte etwa irgendjemand gesehen, dass ich mit Brad am letzten Abend, an dem er lebend gesehen wurde, ins Auto gestiegen war?

„Das Einzige, worüber Brad mit mir je gesprochen hat, warst du. Er sprach davon, wie sehr es ihm das Herz gebrochen hat, dass du ihn so verarscht hast."

Nikki schwieg. Ich hoffte, dass ich sie mit meinen Worten so verletzen konnte, wie sie mich mit ihren Taten verletzt hatte, aber ich bezweifelte es.

„Hat er noch irgendwas anderes gesagt? Dass er die Stadt verlassen wird oder so etwas?"

Ich presste meine Lippen zu einer dünnen Linie zusammen. „Ich bin fertig mit diesem Gespräch. Und mit dir bin ich auch fertig. Ruf mich nie wieder an. Verstanden?" Ich wartete nicht auf ihre Antwort. Stattdessen legte ich einfach auf.

Ich blickte auf meine zitternden Hände hinunter. War es Wut? War es Angst? Ich musste mit Khalan sprechen und ihm von dieser Unterhaltung erzählen. Aber ganz so, wie es typisch für ihn war, war er zurzeit nicht in der Stadt.

Ich schüttelte den Kopf und atmete tief durch, um meine Gedanken zu ordnen.

Ich hatte zu viel um die Ohren, um mir jetzt Sorgen darüber zu machen.

Ich musste an meine Karriere denken und außerdem Lasagne machen.

* * *

„DAS IST SO LECKER, Mom." Gabby lächelte mit einem Mund voller Nudeln.

„Danke dir. Aber denk bitte daran, nicht mit vollem Mund zu sprechen." Ich warf ihr einen strengen Blick zu.

„Sie wird die Kotillon-Tanzstunden niemals überstehen." Arianna grinste.

„Ich will keine Tanzstunden nehmen." Gabby runzelte die Stirn. „Ich möchte lieber den Schwertkampfkurs machen."

„Es tut mir leid, Schätzchen. Es gibt in Mississippi keinen Schwertkampf." Ich seufzte. „Nur Kotillon."

„Ach Mann." Gabby spießte etwas Salat mit ihrer Gabel auf.

Arianna starrte nur auf ihre Nudeln und schob sie auf ihrem Teller umher.

„Was ist los, Schätzchen? Schmeckt es dir nicht?"

„Ist schon gut." Sie schaute nicht einmal von ihrem Teller auf.

„Sie ist nur sauer, weil alle ihre Freundinnen in den Sommerferien so tolle Reisen gemacht haben. Und wir wegen der Scheidung nicht weggefahren sind", verriet Gabby.

Arianna warf ihr einen warnenden Blick zu. Dem Blick nach zu urteilen, wusste ich, dass Gabby den Nagel auf den Kopf getroffen hatte.

„Ich weiß, dass ihr beide es gewohnt seid, jedes Jahr in den Urlaub zu fahren." Ich räusperte mich. „Ich schätze, unsere Leben haben sich etwas verändert und wir müssen uns an unsere neue Normalität erst gewöhnen."

„Das ist in Ordnung. Ich weiß, dass wir kein Geld für solche Sachen haben." Arianna zuckte mit den Schultern.

Mein Herz wurde schwer. Tatsache war, dass wir das Geld hatten. Das Problem war, dass ich ein Vampir geworden war. Für eine Woche an den Strand zu fahren, bereitete mir buchstäblich Übelkeit. Aber ich wusste, dass ich einen Weg finden musste, um die Situation zu lösen.

„Da wir diesen Sommer nicht in den Urlaub gefahren sind, könnten wir vielleicht etwas anderes machen. Irgendwas Besonderes." Ich schaute zwischen den beiden hin und her.

Arianna riss ihren Kopf vom Teller hoch und sah mich mit einem Hoffnungsschimmer in den Augen an. „Wirklich?"

„Sicher." Ich lächelte. „Wir schauen uns einfach ein biss-chen im Internet um, um uns ein paar Ideen zu holen."

„Nun, es gibt da diese eine kleine Sache, die bald stattfin-det." Arianna schaute Gabby an. Gabby hörte auf zu essen und ließ ihre Gabel fallen. „Und es ist etwas, das uns beiden gefallen würde."

„Ja, Mommy, bitte sag Ja." Gabby war von ihrem Platz aufgesprungen.

Ich lachte über ihren unkontrollierten Enthusiasmus. Was auch immer diese besondere Sache war, ich wollte versu-chen, es für sie zu verwirklichen.

„Worum handelt es sich?"

„Es gibt ein Konzert. In Memphis", sagte Arianna hoff-nungsvoll. „Es findet an einem Samstagabend statt."

„Von wem? Ich muss sehen, wie schwer es ist, an Karten zu kommen." Ich trank einen Schluck meines Weines.

„Memphis."

„Du hast mir schon gesagt, dass es in Memphis ist. Aber wer singt?"

„Das ist es doch. Memphis."

„Du meinst diese Country-Sängerin, die behauptet, mit Elvis Presley verwandt zu sein?" Ich neigte meinen Kopf.

„Ja!" Ariannas Gesicht strahlte wie ein geschmückter Weihnachtsbaum. Ich hatte sie schon lange nicht mehr so glücklich gesehen. Ich wusste, dass ich probieren wollte, ihr den Wunsch zu erfüllen.

„Lass mich herausfinden, wie viel die Tickets kosten, und ich werde sehen, was ich tun kann." Ich hoffte, dass dieses Konzert am Abend stattfand und nicht tagsüber. Ich hoffte noch mehr, dass es überhaupt noch Karten gab. Memphis war sehr beliebt und ich wusste, dass es schwierig werden würde, noch Tickets zu bekommen.

„Versprichst du es?" Arianna sah mich mit geneigtem Kopf an und musterte mich mit prüfendem Blick. „Ich meine, du sagst das nicht nur, um uns zu besänftigen und dann zu behaupten, dass die Tickets ausverkauft sind? Ich weiß, dass du sie nicht magst."

„Ich habe nie gesagt, dass ich sie nicht mag. Ich mag nur ihren letzten Song nicht." Ich zuckte mit den Schultern. „Die anderen Songs sind in Ordnung."

„Ich würde es verstehen, wenn du keine Tickets kaufen kannst." Ariannas Stimme wurde leiser und sie wandte sich ab. „Ich weiß, dass die Dinge jetzt anders sind."

Es schnürte mir die Kehle zu. Es gefiel mir ganz und gar nicht, meine Tochter so zu sehen. Und wenn es das Letzte war, was ich tun würde, ich würde diese verdammten Tickets besorgen.

„Ich besorge sie." Ich hob mein Kinn und sah Arianna an. In ihrem Blick schwamm unausgesprochene Hoffnung.

„Wirklich?" Sie sah mich an.

Ich kniff die Augen zusammen. „Ich werde mein Bestes tun. Zuerst muss ich allerdings nachsehen, ob es überhaupt noch Karten gibt."

Ich beobachtete, wie ein hoffnungsvolles Lächeln um ihre unschuldigen Lippen spielte. Sie nickte und begann, ihr Abendessen aufzuessen.

Sobald wir mit dem Essen fertig waren, schnappte ich mir meinen Laptop und schaltete ihn ein. Ich musste diese verdammten Tickets finden, und das schnell.

KAPITEL DREIZEHN

*I*ch fand die Karten für das ‚Memphis in Memphis'-Konzert online und konnte einfach nicht glauben, wie viel sie für ein Open-Air-Konzert verlangten. Es kostete über dreihundert Dollar pro Ticket und man musste auch noch seine eigenen Klappstühle mitbringen.

Ich zog meine Kreditkarte heraus und bestellte, ohne mit der Wimper zu zucken, drei Karten. Ich war dankbar, dass das Konzert erst um neun Uhr abends begann. Zu diesem Zeitpunkt wäre ich in bester Form und würde es überstehen, ohne dabei einzuschlafen.

Nachdem ich die Tickets gekauft hatte, klingelte mein Telefon.

„Hallo?"

„Rachel? Ich bin es, Stan."

„Hi Stan." Ich setzte mich aufrecht hin. „Was ist los?"

„Es gibt eine neue Entwicklung bezüglich unserer Klientin."

„Diejenige, die versucht, ihren Mann in eine Affäre zu verwickeln?" Ich versuchte, meine Verurteilung aus meiner

Stimme herauszuhalten, aber ich glaubte nicht, dass es mir ganz gelungen war.

„Genau die. So wie es aussieht, wird der Ehemann nächstes Wochenende in Memphis sein. Wir werden ihm die Falle dort stellen anstatt in Charming. Es sollte tatsächlich besser klappen, weil er den Köder eher schlucken würde, wenn er in einer anderen Stadt ist." Stan lachte teuflisch.

„Nächstes Wochenende?" Ich schaute auf das Datum des ‚Memphis in Memphis'-Konzerts. Mein Herz wurde schwer.

„Ja. Haben Sie andere Pläne? Denn wenn es so ist, kann ich auch den nächsten Fotografen anheuern. Er ruft mich jeden Tag an, um zu fragen, ob ich eine Stelle für ihn habe."

Scheiße. Ich brauchte den Job. Es war tatsächlich etwas, worin ich gut war. Aber gleichzeitig musste ich auch mit den Mädchen zu diesem Konzert gehen. Jetzt befand ich mich in einer unerwarteten Zwickmühle.

„Zu welcher Uhrzeit soll es denn passieren?", fragte ich.

„Der Ehemann soll angeblich gegen sechs Uhr im Hotel ankommen. Laut seiner Frau ist er dafür bekannt, die Bar zu besuchen, und wird also wahrscheinlich gegen sieben Uhr etwas trinken gehen. Zu diesem Zeitpunkt sollten wir unser Mädchen dort auftauchen lassen."

Ich nickte. Ich konnte also die Fotos schießen und hatte dann noch genug Zeit, um mit meinen Töchtern zum Konzert zu gehen.

„Das sollte kein Problem sein. Ich würde gern ein paar Stunden früher im Hotel ankommen, damit ich mich einleben und die Köderfrau kennenlernen kann, damit ich sicher weiß, dass ich die richtige Person habe."

„Ha, aha. Köderfrau. Der Begriff gefällt mir. Ich muss wirklich anfangen, ihn zu benutzen." Onkel Stan lachte. „Er wohnt im Peabody. Kommen Sie in meinem Büro vorbei und ich gebe Ihnen einen Umschlag mit allen Informationen und seinem Foto. Ich bringe Sie im gleichen Hotel unter und gebe Ihnen die Bestätigungsnummer für das Hotel."

„Was für ein Zimmer buchen Sie mir?" Innerlich debattierte ich mit mir, ob ich ihm sagen sollte, dass ich mit meinen Mädchen zum Konzert ging. Ich entschied mich jedoch dagegen. Ich wollte nicht, dass er wusste, wie sehr ich mein Leben jonglieren musste, um meine Arbeit darin unterzubringen. Ich brauchte diesen Job wirklich.

„Ich buche Sie in der Präsidentensuite im Peabody ein. Das Zimmer wird über meine Karte abgerechnet und Sie müssen sich Zimmerservice bestellen, wenn Sie etwas essen wollen. Ich bezahle immer für die Reisen und das Essen meiner Angestellten."

„Vielen Dank." Ich konnte mich dunkel daran erinnern, wie groß die Präsidentensuite in diesem berühmten Hotel war. Miles hatte mich zu unserem Jubiläum vor Jahren einmal dorthin eingeladen. Sie war groß genug für mich und die Mädchen und noch jemand anderen.

„Ich brauche gute Fotos von dem Ehemann, Rachel. Meine Kundin zahlt sehr viel Geld dafür und das bedeutet viel Geld für Sie", sagte Onkel Stan mit gesenkter Stimme.

„Ich verstehe nicht, warum sie diese Scheidung so dringend will. Ich verstehe schon, dass die Kirche sie rausschmeißen würde, aber ..."

„Es steckt noch mehr dahinter. Sie will die Scheidung, weil er sie missbraucht. Die Kirche verschließt vor dem Missbrauch die Augen. Aber wenn sie Bilder hat, die seine Untreue beweisen, werden sie es nicht ignorieren können. Sie werden ihn rauswerfen und ihr die Scheidung gewähren müssen, während sie in der Gemeinschaft bleiben darf."

Es drehte mir den Magen um. „Ich glaube nicht, dass ich mich mit solchen Leuten abgeben wollen würde. Ich denke, ich würde mich einfach von dem Bastard scheiden lassen und der Gemeinde sagen, dass sie mich mal am Arsch lecken kann."

„Sehen Sie Rachel, in diesem Punkt sind Sie einfach anders. Manche Frauen sind nicht so stark. Sie schon. Ihnen macht es nichts aus, für das, was richtig ist, zu kämpfen und mit den Konsequenzen zu leben. Aber viele Frauen sind nicht so wie Sie. Deshalb gibt es mich und deshalb tue ich, was ich tue."

Seine Worte trafen mich. „Ich glaube nicht, dass ich so stark bin." Ich fühlte mich oft so schwach wie ein kleines Kätzchen.

„Oh, das sind Sie. In vielen Jahren, wenn Ihre Mädchen erwachsen sind, werden sie Ihnen sagen, welch mächtigen Einfluss Sie auf ihr Leben gehabt haben. Sie werden Ihnen dafür danken, dass Sie ihrem Vater die Stirn geboten haben. Selbst wenn es ihnen damals wehgetan hat."

Stille breitete sich zwischen uns aus, während ich seine Worte verdaute.

„Aber zuerst müssen Sie diese Fotos für mich schießen. Und dafür sorgen, dass sie gut sind. Es wird außerdem einen Bonus geben."

„Einen Bonus?"

„Ja. Sie erhalten zusätzliche fünftausend Dollar zu dem, was sie ohnehin schon bekommen."

Mein Mund fiel auf. Ich begann zu sprechen, aber Onkel Stan kam mir zuvor.

„Wir sehen uns morgen." Onkel Stan beendete das Gespräch.

Ich ließ mich auf die Couch fallen und starrte an die Decke. Selbst wenn ich die Fotos vor dem Konzert schießen würde, müsste ich die Mädchen für eine oder zwei Stunden im Hotelzimmer alleinlassen. Es gefiel mir nicht, meine Kinder in einem Hotelzimmer zurückzulassen, selbst wenn es das Peabody war.

Ich fragte mich, ob eine der anderen Mütter auch zu dem Konzert ging. Es war zu spät, um heute Abend noch Leute anzurufen und dies herauszufinden. Ich würde es früh am nächsten Morgen tun müssen. Vielleicht könnte ich jemanden finden, der für mich auf die Mädchen aufpasste, während ich ein paar Fotos schoss.

Ich dachte darüber nach, Khalan zu fragen, ob er nicht mitkommen und ein Auge auf das Zimmer werfen könnte. Aber das konnte ich nicht tun. Er war bereits auf einer Art Urlaub und ich wusste nicht, wie ich ihn kontaktieren sollte.

Außerdem würde er wahrscheinlich darüber meckern, dass ich versuchte, den Job zu machen und gleichzeitig auf meine Mädchen aufzupassen. Er hatte so eine Art an sich, mir das Gefühl zu geben, dass ich ihm mehr zur Last fiel, als es ein normaler Vampirnachkömmling tun sollte.

Ich räumte meinen Computer weg und ging in die Richtung der Zimmer meiner Kinder.

Arianna schlief tief und fest. Ihr hübsches Gesicht sah eher wie ein Engel als ein Mensch aus. Ihre Hände lagen unter ihrer Wange, während sie langsam und tief ein- und ausatmete.

Ich lächelte. Ich hoffte, dass sie wunderschöne Träume von Sommerspaß mit ihren Freundinnen hatte.

Auf Zehenspitzen lief ich in Gabbys Zimmer und schaute hinein. Sie hatte sich tief in ihre Decke gekuschelt. Ihre Augenbrauen waren zusammengezogen, als würde sie von Drachen und Rittern und Schwertkämpfen träumen.

Ich schüttelte den Kopf und schloss die Tür hinter mir.

Meine Mädchen könnten nicht gegensätzlicher sein.

Ich öffnete die Flügeltüren, die zum Garten führten, und ging hinaus. Ich lief hinüber zu meinem Sessel, setzte mich und starrte in den Nachthimmel. Die winzigen Sternchen waren überall auf dem dunklen Himmel verstreut. Im

Vergleich zu den Abermillionen von Lichtern am Himmel fühlte ich mich so klein und unbedeutend.

Nachdem ich von Miles' Affäre erfahren hatte, war ich oft hier hinausgegangen, um in den Nachthimmel zu starren. Ich hatte mich noch nie zuvor so allein gefühlt und der Nachthimmel war eine Bestätigung dafür, wie klein ich war.

Jetzt, Monate nachdem der Betrug herausgekommen war und ich die Scheidung hinter mir hatte, bekam ich ein anderes Gefühl, wenn ich in den Himmel schaute. Es war eher ein Gefühl der Dankbarkeit. Ich hatte meine Töchter, mein Zuhause und mein Leben.

Ich hatte meine Ehe verloren, ja, aber ich wäre lieber allein auf dieser Welt, als mit jemandem zusammenzubleiben, von dem ich wusste, dass ich ihm nie wieder vertrauen konnte.

Ich biss mir auf die Lippe. Möglicherweise würde ich nie wieder heiraten. Nicht, dass es jetzt wichtig wäre. Ich war jetzt ein Vampir. Ich würde jeden normalsterblichen Mann überleben und ich war mir nicht sicher, ob Vampire überhaupt heiraten konnten.

Ich schätze, ich würde dazu gezwungen sein, dieses Leben alleine zu verbringen.

KAPITEL VIERZEHN

*I*ch ließ das Fenster hinunter, als ich sah, wie sich Stephanie Miller mir in der Parkspur vor der Schule näherte.

„Vielen Dank, dass du uns angeboten hast, ein Zimmer mit euch zu teilen, Rachel. Ich war mir nicht sicher, ob wir in der Lage sein würden, die Nacht dort zu verbringen, weil alle schönen Hotels in Memphis bereits wegen des Konzertes ausgebucht waren." Stephanie war eine der Frauen, mit denen ich in die Kirche ging. Sie war eine gläubige Christin, die Veronicas Täuschungsmanövern zum Opfer gefallen war und glaubte, dass die Frau nichts falsch machen konnte. Und obwohl sie für mich ebenfalls eine Freundin war, standen wir uns nicht sehr nahe.

„Gern geschehen." Ich hob meine Hand über meine Sonnenbrille. Ich wollte ihr nicht sagen, dass sie meine letzte Option gewesen war. Alle anderen Mütter teilten sich bereits Zimmer miteinander. Es verletzte meine Gefühle, dass niemand daran gedacht hatte, mich zu fragen, ob ich mit meinen Mädchen ebenfalls zum Konzert gehen würde. Ich hatte es meine Freundin Gina wissen lassen.

Gina hatte gesagt, dass sie sich aufgrund meiner finanziellen Lage nach der Scheidung nicht sicher gewesen sei, also hatte sie nicht fragen wollen, weil die Tickets so teuer waren.

Ich fragte mich, ob dies tatsächlich der wahre Grund war. Ich hatte die Geschichten gehört, dass sich Freunde nach der Scheidung eines Paares entweder für den Mann oder die Frau entschieden. Vielleicht war das der Grund. Sie hatten sich für Miles und nicht für mich entschieden.

„Bist du dir sicher, dass du dir die Rechnung nicht teilen willst? Ich weiß, wie teuer das Peabody ist." Stephanie kaute besorgt mit ihren Zähnen auf ihrer Unterlippe.

„Nein. Es ist alles schon bezahlt." Ich musterte sie durch meine Sonnenbrille. „Weißt du, ich muss zugeben, dass ich mir nicht sicher war, ob du Mary Beth erlauben würdest, Memphis zu sehen. Ich hätte nicht gedacht, dass du sie Popmusik hören lässt." Tatsächlich war das Einzige, was ich sie je hören gehört hatte, christliche Musik gewesen.

Stephanies Gesicht wurde rot. Sie zog den Kopf ein. „Ich muss zugeben, dass es eine schwierige Entscheidung war. Wie du weißt, bin ich sehr streng bezüglich dessen, was ich meine Tochter sehen lasse. Die Leute scheinen zu glauben, dass ich ein frommes Lämmchen bin."

Ich zwang mich, meinen Ausdruck stoisch zu halten. „Nein, tun sie nicht", log ich.

Das war genau, was alle dachten. Stephanie war eine gute christliche Mutter, die in ihrem Haus Bibelstunden veranstaltete und ehrenamtlich in der Kirchengemeinde mitarbeitete. Sie hatte einen unmöglich hohen Standard, an dem sich niemand messen konnte, und ich hatte immer das Gefühl, dass sie mich verurteilte, weil ich nicht genug ehrenamtliche Arbeit leistete und weil ich gerne Wein trank.

„Ich weiß, dass die Leute das denken, Rachel." Ihre Stimme war leise. „Ich versuche nur, an meinen christlichen Werten festzuhalten, während ich in dieser Welt lebe. Mary

Beth liebt Memphis und sie bittet nie um irgendwas. Dies war das einzige Konzert, worum sie mich je gebeten hat. Ich dachte mir irgendwie, dass sie es verdient." Sie zuckte mit den Schultern.

Ich lächelte. „Du bist eine gute Mama, Stephanie. Lass dir von niemandem etwas anderes einreden."

Stephanie lächelte und lief zurück zu ihrem Auto. In meinem Rückspiegel konnte ich sehen, wie Veronica in der Parkspur ankam.

Veronica hupte. Ich verriegelte meine Tür und stellte sicher, mein Fenster schnell wieder zu schließen.

Ich hasste Veronica, so wie ich Herpes hasste.

Sie war eine Giftschlange, wenn es um Tratsch und Klatsch ging. Jeder hielt sich von ihr fern. Aber die Mehrheit der Leute fürchtete sie genug, um sie nicht gegen sich aufzuhetzen.

Unglücklicherweise gehörte ich nicht zu diesen Leuten. Ich hatte es satt, mir die Scheiße von Arschgeigen wie ihr gefallen zu lassen.

„Rachel!" Sie schrie meinen Namen, noch bevor sie es zu meinem Fenster geschafft hatte. Die Haare in meinem Nacken standen zu Berge.

Sie klopfte an die Scheibe auf der Fahrerseite. „Rachel, du wirst nicht erraten, wer zu Memphis in Memphis geht." Ihre Lippen verzogen sich zu einem bösartigen Lächeln. Ihre Augen glitzerten wie zwei Stücke schwarz funkelnder Kohle direkt aus den Eingeweiden der Hölle.

Ich nahm meine Sonnenbrille ab, um sie anzustarren. Sie zeigte mit dem Finger auf mein Fenster, um mir zu signalisieren, dass ich es öffnen sollte.

„Diese Karten haben mich dreihundert Dollar gekostet, aber meine Elizabeth Grace ist es mir wert." Sie hob das Kinn und grinste fies. „Wir werden außerdem in einem der Hotels in der Innenstadt wohnen und ein schönes Wochenende daraus machen."

Ich blinzelte und öffnete dann mein Fenster.

„Ich würde dich und die Mädchen ja gern einladen, aber ich weiß, dass das Geld bei euch gerade knapp ist." Sie machte sich über mich lustig.

Die Wut kochte in meinen Adern hoch und ich klammerte mich am Lenkrad fest, bis meine Knöchel weiß wurden. Die Schulglocke läutete. Ich wusste, dass es erbärmlich war, aber ich konnte nicht anders. Veronica war mir einfach schon zu lange ein Dorn im Auge.

Ich lächelte sie mit meinen perfekt geschwungenen Lippen an. „Tatsächlich fahre ich mit den Mädchen auch zum Konzert. Wir haben unsere Tickets bereits und ich wollte die Mädchen heute damit überraschen."

Ihr Lächeln wurde lang. „Ich schätze, manche Leute benutzen ihren Kindesunterhalt für unnötige Sachen wie diese."

Ich funkelte sie an. „Das musste ich nicht. Verdrehe die Dinge bitte nicht wieder, Veronica. Ich verdiene mein eigenes Geld. Wo seid ihr doch gleich in Memphis untergekommen?"

Sie sträubte sich gegen meine Frage. „Alles ist ausgebucht, also haben wir eines der letzten Zimmer im Sheraton ergattert."

„Tatsächlich? Wir konnten uns ein Zimmer im Peabody sichern." Ich grinste sie an.

Schock und Empörung breiteten sich auf ihrem bösen Gesicht aus. „Aber das ist unmöglich. Ich habe versucht, dort ein Zimmer zu bekommen, und sie haben mir gesagt, sie seien ausgebucht."

„Ich schätze, du hättest nach der Präsidentensuite fragen müssen." Ich drückte auf den Knopf und mein Fenster schloss sich wieder. Ich sah dabei zu, wie sich ihr Gesicht vor Hass und Verachtung in Falten legte.

Dann widmete ich meine Aufmerksamkeit wieder dem Ausgang der Schule, wo die Kinder hinausgerannt kamen. Arianna und Gabby erreichten das Auto und stiegen ein.

„Hallo Mädels. Wie war die Schule?" Ich sah sie durch den Rückspiegel an. Gabby war ihr wie immer glückliches, unbekümmertes Selbst und Arianna zuckte nur mit den Schultern.

„Gut", sagte Arianna und zog ihr Telefon aus der Tasche.

„Es war schrecklich. Wir mussten unsere Pause in der Turnhalle verbringen, weil es zu nass war, um auf den Spielplatz zu gehen. Sie haben uns gezwungen, in der Turnhalle herumzurennen, damit wir unsere Energie loswerden konnten, aber ich habe Ärger bekommen, als ich versucht habe, einen Schwertkampf mit dem Schrubber des Hausmeisters zu kämpfen." Gabby runzelte die Stirn. „Anscheinend kam mir der Direktor beim Schwertkämpfen in die Quere und ich habe ihm beim Herumschwingen eine Ladung dreckiges Fußbodenwasser aus dem Bad ins Gesicht gespritzt."

„Gabby." Ich riss die Augen weit auf.

„Was?", fragte sie. „Er hätte aufpassen sollen, wo er hinläuft. Es war ja nicht meine Schuld, dass sie uns in der Turnhalle keinerlei gute Spiele erlauben." Sie rollte mit den Augen.

Arianna grinste. „Du hast Glück, dass er dich nicht nachsitzen lässt."

„Ich glaube, er war zu sehr damit beschäftigt, schnell ins Bad zu rennen, um sich das Gesicht zu waschen. Ich habe nicht gewartet, bis er wiederkam. Ich habe mich neben Neely Ray hingesetzt, die Asthma hat."

„Gabby. Bitte sag mir, dass du dich entschuldigt hast." Ich funkelte sie durch den Spiegel an.

„Das habe ich, aber ich bin mir ziemlich sicher, dass er zu

schnell gerannt ist, um mich zu hören." Sie zuckte mit den Schultern und nahm ein Buch aus ihrem Rucksack. „Ich habe mir heute dieses neue Science-Fiction-Buch aus der Bibliothek ausgeliehen. Es gibt Zombies und Aliens darin."

„Das klingt ziemlich doof." Arianna schnaubte.

„Es ist wesentlich cooler als diese Teenager-Werwolf-Bücher, die du immer liest. Wer will denn schon, dass ein Werwolf einen küsst? Das ist ja, als würde man einen Kuss von einem sabbernden Hund kriegen." Gabby rümpfte die Nase.

„Das klingt so, als würdest du Zombies Werwölfen vorziehen." Arianna funkelte sie an.

„Also gut, in Ordnung. Ihr könnt beide aufhören." Ich bog auf die Straße ab. Ich fuhr bis zur nächsten roten Ampel und hielt an.

„Ist außer dem Überfall auf den Direktor mit dem dreckigen Mopp sonst noch irgendwas Aufregendes passiert?"

„Ja. Ich habe herausgefunden, dass sich alle meine Freundinnen in Memphis treffen werden. Sie alle haben Tickets. Sogar Lauras Mutter lässt sie hingehen." Arianna verschränkte die Arme.

„Ist das so?", fragte ich und kniff meine Lippen zusammen, um mein Lächeln zu unterdrücken. „Nun, ich habe Neuigkeiten für euch beide."

„Was ist es? Gibt es heute Abend Spaghetti mit Hühnchen?", fragte Gabby aufgeregt.

Meine Gabby. Solche kleinen Freuden machten sie immer glücklich. Die Welt brauchte mehr Menschen wie meine Kleine.

„Tatsächlich habe ich noch gar nicht über das Abendessen nachgedacht. Vielleicht. Aber das ist es nicht, was ich euch erzählen wollte." Ich sah sie beide an, bevor ich über die grüne Ampel fuhr.

„Die Überraschung ist, dass ich für uns alle Karten für das ‚Memphis in Memphis'-Konzert besorgt habe."

„Was?!", schrie Arianna. Ich zuckte leicht in meinem Sitz zusammen. „Ist das dein Ernst? Das ist kein Witz?"

„Ja, mein totaler Ernst und nein, kein Witz." Es fühlte sich gut an, meine Kinder so überraschen zu können.

Ariannas Gesicht zeigte das größte Lächeln, das ich je von ihr gesehen hatte. „Ich muss meine Freundinnen anrufen." Sie zog ihr Handy heraus.

„Nun, bevor du das tust, gibt es noch etwas." Ich bog von der Straße in unser Wohngebiet ein.

„Was? Was könnte denn noch besser sein, als zum ‚Memphis in Memphis'-Konzert zu gehen?" Gabby klatschte in die Hände. Sie begann, den Refrain des letzten Memphis-Songs zu singen.

„Nun …" Der Gesang hörte auf und es wurde still im Auto. Ich vergewisserte mich, dass sie mir beide ihre vollste Aufmerksamkeit schenkten, bevor ich weitersprach.

„Was ist es?", jammerte Arianna. „Die Spannung bringt mich um, Mom!"

Ich grinste. „Wir verbringen die Nacht im Peabody. In der Präsidentensuite. Mit Stephanie Miller und Mary Beth."

„Im Peabody!", keuchte Arianna.

„Ist das das Hotel, wo die Enten wohnen?", fragte Gabby.

„Ja, Schätzchen. Du wirst die Enten im Brunnen sehen können." Ich grinste. Ich sah Arianna an und bemerkte, dass ihr Gesicht lang wurde.

„Was ist los, Arianna? Freust du dich nicht darüber?"

„Doch, ich freue mich. Ich hatte nur nicht erwartet, mit Mary Beth und ihrer Mutter dorthin zu gehen."

„Nun, sie wollten sich gerne ein Zimmer mit uns teilen. Und ich dachte, es wäre nett, es anzubieten." Ich fuhr in unsere Garage und stellte den Motor ab.

Ich drehte mich auf meinem Sitz zu ihr um. „Bist du sauer, dass ich sie gefragt habe?"

„Ich wünschte nur, du hättest eine meiner anderen Freundinnen gefragt." Sie zuckte mit den Schultern. „Ich bin schockiert, dass sie Mary Beth überhaupt zu Memphis gehen lässt. Normalerweise lässt sie sie nie irgendetwas Angesagtes tun."

„Ich glaube, dass sie weiß, wie viel es ihr bedeuten würde. Deshalb fährt sie mit ihr hin."

Arianna nickte.

„Mir wäre es egal, unser Zimmer mit einem Nilpferd zu teilen, ich freue mich nur dass wir überhaupt hinfahren", sagte Gabby.

„Ich auch." Arianna nickte und ein Lächeln zeigte sich auf ihrem Gesicht. „Außerdem wohnt keine meiner anderen Freundinnen im Peabody. Zumindest ist das etwas."

„Stimmt", stimmte ich zu. „Ich hole euch möglicherweise am Freitag etwas früher von der Schule ab, damit wir vor dem Konzert ein bisschen Spaß in Memphis haben können." Wir stiegen alle aus dem Auto.

„Wirklich?" Ariannas Gesicht strahlte.

„Ich denke, ihr Mädels habt euch ein schönes Wochenende verdient. Es ist zu lange her, seit wir etwas Schönes zusammen gemacht haben."

„Danke, Mom." Arianna schlang ihre Arme um mich und drückte mich fest. Ich hielt sie fest und blinzelte die Tränen zurück, die drohten, über meine Wangen zu laufen.

Als sie sich von mir löste, sah sie so glücklich aus. „Ich werde alle meine Freundinnen anrufen." Sie rannte mit ihrem Handy in der Hand in ihr Zimmer.

„Danke, Mommy." Gabby umarmte mich fest. „Glaubst du, dass wir nah genug drankommen, dass Memphis meine Hand anfassen kann?"

„Ich weiß es nicht, Schätzchen. Es gibt keine reservierten

Plätze und es ist draußen. Wir nehmen unsere eigenen Stühle mit. Wenn wir früh genug da sind, sollten wir gute Plätze kriegen."

Sie klatschte in die Hände und lief in ihr Zimmer.

Ich musste lächeln. Trotz aller Schwierigkeiten, die wir durchgemacht hatten, war der heutige Abend ein Durchbruch. Heute Abend hatte ich zum ersten Mal in langer Zeit das Gefühl, meine glücklichen Kinder zurückzuhaben.

KAPITEL FÜNFZEHN

Die Tage vergingen nur langsam. Jeden Tag wachten die Mädchen noch aufgeregter über das bevorstehende ‚Memphis in Memphis'-Konzert auf.

Als er eines Nachmittags bei uns vorbeikam, um sie zu besuchen, hatten sie Miles davon erzählt, dass wir zum Konzert gehen würden. Ich hatte erwartet, dass er ein wenig irritiert wäre. Der alte Miles hätte mir gesagt, ich solle kein Geld für etwas so Triviales verschwenden. Aber seit der Scheidung schien Miles nicht mehr ganz er selbst zu sein. Stattdessen schien er sogar etwas traurig zu sein, dass er nicht dabei sein würde.

Vielleicht sah er jetzt ein, dass er mehr als nur eine Frau verloren hatte. Er hatte eine Familie verloren.

Ich war neugierig, ob er und Nikki immer noch ein Paar waren. Aber auf gar keinen Fall würde ich ihn das fragen. Ich dachte mir, dass Nikki versuchte, sich Brads Lebensversicherung auszahlen zu lassen, da ich nach der Scheidung finanziell ziemlich gut dastand.

Es schien eine solche Verschwendung zu sein. Zwei Fami-

lien, die von zwei so egoistischen Individuen auseinanderge-
rissen worden waren.

Es war bereits ein paar Tage her, seit ich das letzte Mal
Blut, das Khalan mir gebracht hatte, getrunken hatte. Ich
würde bald welches brauchen und wusste nicht, wann
Khalan zurückkommen würde.

Es war Mittwochabend und die Mädchen verbrachten die
Nacht ausnahmsweise bei einer Freundin. Da sie von der
Mutter ihrer Freundin von der Schule abgeholt worden
waren, musste ich dies nicht tun. Stattdessen hatte ich den
ganzen Tag und Nachmittag geschlafen. Ich wachte auf, als
das Licht langsam verblasste und die Nacht hereinbrach.

Ich saß im Bett und starrte die dunklen Schatten in
meinem Zimmer an.

Zum ersten Mal seit langer Zeit fühlte ich inneren Frie-
den. Ich warf meine Beine über die Bettkante und stand auf.
Die Mädchen würden morgen früh zurück sein, sodass ich es
heute Nacht tun musste, während ich alleine war, wenn ich
mir Blut besorgen wollte.

Ich ging ins Bad, um mich für die Nacht zurecht-
zumachen.

Nachdem ich fertig war, beschloss ich, noch ein wenig zu
warten, bevor ich auf die Blutjagd ging. Ich wollte nicht, dass
mich jemand sah, also beschloss ich, erst gegen Mitternacht
loszugehen. Bis dahin genoss ich ein Glas Cabernet und sah
mir ein paar Filme an. Gegen Mitternacht war ich bereits
ungeduldig und bereit, loszuziehen, um zu trinken. Mein
Blutdurst hatte in den letzten Wochen stark zugenommen
und nachdem ich mit Khalan unterwegs gewesen war,
wusste ich, dass ich nie wieder etwas anderes als Menschen-
blut trinken könnte.

Gegen halb eins verließ ich meine Garage, bereit für mein
Abendessen.

In unserem Wohngebiet war es, bis auf die wenigen Sicherheitslaternen am Ende der Straße, überall dunkel.

Ich verließ die Sicherheit meiner Nachbarschaft und fuhr auf die Straße hinaus. Mein Herz schlug mir plötzlich bis zum Hals, als ich mich der Innenstadt von Charming näherte. Ich war aufgeregt gewesen, als ich mich zurechtgemacht hatte, aber jetzt, da die Zeit gekommen war, Blut von einem anderen Menschen zu trinken, wurde ich nervös.

Ich atmete ein paarmal langsam tief durch, während ich mir den Weg durch die Straßen der Stadt manövrierte. Ich fuhr auf einen Parkplatz abseits der Gebäude und schaltete den Motor aus.

Ich warf einen letzten Blick in den Spiegel und griff nach meiner Tasche. Ich hielt meinen Kopf gesenkt, während ich zum selben Gebäude lief, in das Khalan mich zuvor mitgenommen hatte. Ich kam an ein paar betrunkenen Typen vorbei, die ein paar Sprüche losließen, um mich anzugraben, die mir jedoch nicht folgten. Selbst wenn sie etwas versucht hätten, wusste ich, dass ich sie erledigen könnte. Ein weiterer Vorteil des Vampirdaseins war meine gesteigerte Kraft.

Ich sah das Tattoo-Studio vor mir. Das Geschäft war innen beleuchtet, aber es befanden sich keine Kunden darin, die warteten. Ich ging hinein und der Typ an der Kasse sah nicht einmal von seinem Comic-Heft auf.

„Wir haben geschlossen.“

„Ich weiß.“ Ich hob mein Kinn. „Ich bin nicht wegen einer Tätowierung hier.“

Der dunkelhaarige Kerl schaute auf, als ich ihn ansprach. Sein Blick glitt von meinem Gesicht über meinen Körper. „Das ist schade. Mit einem Körper wie Ihrem wäre es, als würde man die Mona Lisa bemalen.“ Er grinste.

Ich kniff die Augen zusammen und fragte mich, ob ich sein Blut trinken sollte. Aber ich dachte mir, dass es ihm zu sehr gefallen würde. Stattdessen lief ich an ihm vorbei durch den Flur und zu der Tür, die in die Gasse hinausführte, die Khalan mir gezeigt hatte.

Die Tür schlug hinter mir zu und ich war alleine in der Gasse. Ich ballte meine Hände zu Fäusten und atmete tief ein. Ich lief die Gasse entlang, weg von den Sicherheitslampen. Meine Augen stellten sich leicht auf die Dunkelheit ein und ich sah eine Frau mit blondem Haar im Schatten stehen. Sie starrte auf den Boden, sodass ich ihr Gesicht nicht erkennen konnte.

Sie sprach nicht, aber sie lief mit gesenktem Kopf auf mich zu.

Mein Herz klopfte heftig in meiner Brust. Was wäre, wenn es jemand war, den ich kannte? Wäre ich in der Lage, es durchzuziehen?

Meine Brust brannte. Ich brauchte Blut und ich wusste nicht, wann es das nächste Mal eine Nacht gäbe, in der ich mir welches besorgen könnte, ohne meine Mädchen allein zu Hause lassen zu müssen.

Ich zwang mich, einen Fuß vor den anderen zu setzen, und traf die Fremde auf halbem Wege.

„Ich bin hier …"

„Sie sind wegen mir hier." Sie sagte es leise, ohne aufzuschauen.

Mein Herz machte einen Sprung. „Vielleicht sind Sie gar nicht diejenige, nach der ich suche."

Sie riss ihren Kopf hoch. Ihre großen braunen Augen starrten mich an. „Bitte. Weisen Sie mich nicht ab. Ich habe schon bezahlt. Außerdem habe ich nichts getrunken … Heute zumindest nicht. Und Drogen nehme ich auch keine." Sie blinzelte schnell. „Mein Blut ist sauber. Das verspreche ich."

Sie trat zurück in den Schatten. Scheiße! Sie wusste, was ich war.

„Vielleicht bin ich nur für eine … Verabredung hier." Es

war das Einzige, was mir abgesehen von Drogen in den Sinn kam. Und ich konnte mich wirklich nicht dazu durchringen zu behaupten, dass ich Drogen kaufen wollte.

„Sie sind wegen des Blutes hier." Sie trat einen weiteren Schritt auf mich zu. „Schauen Sie, ich habe Blayze bereits meinen Anteil bezahlt."

„Blayze?", wiederholte ich. Der gleiche Typ, der in der ersten Nacht, als wir gemeinsam hierhergekommen waren, einen Blutspender für Khalan und mich arrangiert hatte.

„Ja. Er hat versprochen, mich dem Master anzubieten. Aber er hat immer noch kein Blut von mir getrunken."

„Also ist Blayze Ihr Zuhälter?" Ich sah sie mit zusammengekniffenen Augen an. Plötzlich bekam ich ein sehr schlechtes Gefühl bei alledem. Bezahlte Khalan für die Blutspenden?

Sie blinzelte. Und dann schüttelte sie den Kopf. „Was? Nein. Ich bin nicht wegen Sex hier. Ich bin hier, damit Sie mein Blut trinken können."

Bis zu diesem Zeitpunkt hatte ich gedacht, dass Bill, Blayze, von Khalan verzaubert worden war, um ihm Blutspender zu bringen. Ich hatte keine Ahnung, dass in meiner kleinen Stadt Charming, Mississippi, Menschen herumliefen, die tatsächlich wussten, dass Vampire existierten.

„Scheiße", murmelte ich.

„Ich habe eine schriftliche Einverständniserklärung unterschrieben und alles. Blayze hat meine Vorgeschichte und die Ergebnisse der Blutanalyse in seinen Akten. Er hat mir versprochen, dass ich die Nächste wäre, die dem Master angeboten wird." Sie musterte den Boden.

„Wie viel zahlt Khalan Ihnen?"

„Khalan zahlt uns gar nichts. Wir bezahlen für die Gelegenheit, ein Opfer für ihn zu bringen."

„Moment, Sie bezahlen Khalan?" Ich neigte den Kopf.

„Nun, nein. Wir geben Blayze das Geld."

Ich funkelte sie an. „Wie viel Geld geben Sie ihm?"

„Tausend Dollar."

„Wollen Sie mich verarschen?" Ich wäre vor Schreck fast erstickt. Wenn die Spender Blayze so viel Geld gaben, welchen Anteil würde Khalan dann bekommen?

„Was? Hätte ich mehr bezahlen sollen? Hat er mich deshalb noch nicht gewählt?" Sie blinzelte mich an wie ein Reh im Scheinwerferlicht.

„Wissen Sie, was ich bin?" Ich trat aus den Schatten hervor.

„Ja. Sie gehören zu einer speziellen Gruppe, die Fantasie-figuren in Rollenspielen darstellt. Sie sind Teil des Vampir-zirkels von Mississippi. Obwohl ich erwartet hätte, dass sie einen Umhang mit schwarzen Stiefeln tragen würden und keine Yogahosen und Turnschuhe."

Mir fiel der Mund auf. Sie hatte keine Ahnung, dass ich tatsächlich ein echter Vampir war.

Ich nickte. „Nun, da Sie irgendwie bereits wissen, worauf Sie sich einlassen, und bereits bezahlt haben …"

„Ja. Und wenn Ihnen die Erfahrung gefällt, bin ich auch offen für eine weitere Sitzung." Sie riss ihre Augen hoff-nungsvoll auf.

„Na gut."

„Wo wollen Sie mich? Sollen wir ins Gebäude zur Bar hineingehen?" Sie lächelte mich fröhlich an. Dann klatschte sie vor Aufregung in die Hände. „Es tut mir leid. Ich wurde noch nie einem Vampir geopfert. Ich kann mich kaum beherrschen."

„Wie heißen Sie?" Ich rieb mir die Schläfen und schloss die Augen.

„Jennifer."

„Zunächst müssen Sie sich ein wenig beruhigen, Jennifer."

„In Ordnung. Das kann ich machen." Sie schloss die

Augen und atmete tief durch. Als sie sie wieder öffnete, lächelte sie mich an. „Wollen Sie reingehen?"

„Nein. Lassen Sie uns einfach hier in die Ecke gehen." Meine Stimme bebte. Schuldgefühle überkamen mich. Ich hatte das Gefühl, dass ich diesem armen Mädchen ihre Wahl abnahm.

Ich holte tief Luft und sah ihr in die Augen. „Wenn das hier vorbei ist, werden Sie sich nicht mehr an diese Nacht erinnern können. Sie werden sich weder an mein Gesicht noch daran erinnern, was hier heute Nacht geschehen ist. Wenn wir fertig sind, werden Sie nach Hause gehen und schlafen."

Ihr Blick wurde glasig und sie öffnete leicht ihren Mund. Sie drehte ihren Kopf zur Seite und entblößte ihren Hals für mich.

Ich sah die Ader mit warmem Blut pulsieren. Mir lief das Wasser im Mund zusammen. Ich schluckte, legte meine Hände um ihren Hals und biss in ihr Fleisch.

Warme, kupferne Flüssigkeit ergoss sich in meinen Mund. Ich seufzte, als ich die lebensbringende Flüssigkeit in meinen Mund saugte. Es schmeckte besser als der teuerste Wein, den ich je getrunken hatte.

Ich seufzte vor Vergnügen, als ich von ihr trank. Dann öffnete ich meine Augen und bemerkte, dass ich sie loslassen musste.

Der andere Teil in mir wollte wirklich nicht aufhören zu trinken. Aber ich wusste, was passieren konnte, wenn ich einer Person zu viel Blut entnahm. Wenn ich die Kontrolle verlor, könnte ich sie versehentlich töten.

Ich löste mich von ihr und sah Jennifer in die Augen.

„Gehen Sie jetzt nach Hause und schlafen Sie. Sie werden sich nicht an diese Nacht erinnern."

Jennifer nickte und lief die Gasse in Richtung Parkplatz

hinunter. Die Tür zum Gebäude flog auf und Bill kam heraus. Als er mich sah, riss er die Augen weit auf.

„Mätresse Rachel. Ich habe Sie nicht erwartet." Schweiß brach auf seiner Stirn aus und er wischte sich mit der Hand über die verschwitzte Oberlippe. Seine Augen huschten nervös hin und her, bevor er seinen Blick wieder auf mich richtete. „Kann ich Ihnen ein Opfer bringen, um Ihren Durst zu stillen?"

„Bill …"

„Ich heiße Blayze", korrigierte er mich.

Ich kniff die Augen zusammen. „Blayze, ich muss Sie etwas fragen. Und Sie lügen mich besser nicht an."

Er riss seine Augen noch weiter auf, als ich einen Schritt auf ihn zu trat.

„Lassen Sie die Leute für … unsere Rollenspiele vorab bezahlen?" Ich war mir nicht ganz sicher, ob er wirklich wusste, dass wir tatsächlich Vampire waren. Also musste ich mit meiner Fragestellung vorsichtig sein.

„Nun, ja. Ich meine, es ist ein Service, der gebraucht wird. Der Master braucht lebendige Opfer und es gibt Menschen, die mehr als bereit dafür sind."

„Und wie viel davon geben Sie Khalan?" Ich lehnte mich ganz nah zu ihm heran. Ich konnte die Angst riechen, die von ihm ausging.

Er leckte sich über die zitternden Lippen. „Nun."

„Lügen Sie mich nicht an, … Blayze."

„Ich, ähm, tatsächlich bezahle ich Khalan nicht."

„Sie sind also der Einzige, der an dieser Angelegenheit Geld verdient?" Ich zog meine Augenbrauen hoch.

„Es geht nicht nur ums Geld. Ich meine, Khalan und die Spieler können beide ihr Rollenspiel spielen. Das ist es, was sie wirklich wollen."

„Und was Sie wirklich wollen, ist Bargeld", erklärte ich. „Weiß Khalan, dass Sie vorab abkassieren?"

„Nun ..."

„Blayze, Sie haben eine Chance, mir die Wahrheit zu sagen", warnte ich ihn.

„Nein. Er weiß nicht, dass ich den Leuten für die Rollenspiele vorab Geld abnehme." Er ließ den Kopf hängen und musterte den Boden. „Ich war früher Teil einer anderen Rollenspielgruppe in Alabama. Dort waren es mehr Werwölfe und Feen. Als ich nach Charming zog, fühlte ich mich allein, also habe ich eine Online-Rollenspielgruppe für Vampire gegründet." Er schaute auf und ich blinzelte. „Es gefiel allen so sehr, dass sie mich immer wieder fragten, wann ich einen Ort für unsere Rollenspiele einrichten würde, an dem sich alle treffen und gemeinsam spielen könnten. Aber erst als ich Khalan eines Abends spät nachts draußen sah, wusste ich, dass ich den richtigen Mann gefunden hatte, der meinen Vampir spielen könnte. Ich sprach ihn an und erzählte ihm von dem Rollenspiel und davon, dass er einen tollen Vampir abgeben würde und dass es Spaß machen würde."

„Und Sie haben ihm nie gesagt, dass Sie den Leuten Geld dafür berechnen, egal ob er mit ihnen spielt oder nicht?"

„Nun, nein. Ich habe erst nach einem Monat damit angefangen, Geld zu nehmen. Ich hatte so viele Leute, die gern die Erfahrung mit einem Vampir machen wollten, dass die Leute von selbst anfingen, mir Geld anzubieten. Ich habe damals in einem Buchladen in Oxford gearbeitet und nicht viel verdient. Als ich anfing, Geld zu verlangen, konnte ich einfach nicht glauben, wie viel ich einnahm. Also habe ich meinen Job in der Buchhandlung gekündigt und mich auf die Rollenspiele konzentriert. Es gibt eine monatliche Gebühr, um Teil des Klubs zu sein, und um als Blutspender ausgewählt zu werden, muss man bei einer Online-Auktion mitsteigern. Der Gewinner bekommt Zeit mit Khalan, wenn er ihn wählt, oder jetzt mit Ihnen, mit seiner Mätresse."

„Ich bin nicht seine Mätresse", knurrte ich.

„Mein Fehler. Das sollte nicht respektlos klingen. Aber er schien sie wie seine Gemahlin zu beschützen."

„Gemahlin?"

„Sie wissen schon, so etwas wie ein Ehepartner."

Ich stieß ein lautes Lachen aus. „Ja. Das bin ich garantiert auch nicht."

Er rieb sich den Nacken. „Werden Sie Khalan davon erzählen?"

„Natürlich werde ich das."

Er stöhnte.

„Wenn die Leute bei einer Auktion mitbieten, was war das dann neulich mit dem Mädchen? Die Frau, mit der Sie an der Bar gesprochen haben? Sie schien verärgert zu sein."

Er räusperte sich und schaute weg. „Sie dachte, dass sie an diesem Abend mit Khalan zusammenkommen würde. Sie wusste nicht, dass jemand anderes sie überboten hatte. Darüber war sie nicht sehr glücklich."

„Es klingt für mich eher so, als hätten Sie ihr Geld einkassiert. Und als sie ihre Zeit mit Khalan nicht bekam, ist sie sauer geworden."

Bill riss seinen Kopf zu mir herum. Ich wusste, dass ich recht hatte.

„Und so wie es scheint, haben Sie das auch mit anderen Leuten gemacht. Tatsächlich habe ich heute Abend mit einem Ihrer Opfer gesprochen."

Sämtliche Farbe wich aus seinem Gesicht.

„Ich werde Ihnen eine Chance geben, die Dinge richtig-zustellen. Sie werden den Leuten, die noch nicht das bekommen haben, was sie wollten, ihr Geld zurückgeben. Und dann werden Sie Khalan sagen, dass Sie den Leuten für ein Rollenspiel mit ihm vorab Geld berechnet haben."

„Aber ..."

„Nichts aber. Wenn Sie es ihm nicht sagen, werde ich es

tun. Und es wird tausendmal schlimmer sein, wenn ich es mache." Ich stieß ihn gegen die Brust und drehte mich auf dem Absatz um. Mit einem Grinsen im Gesicht lief ich die dunkle Gasse entlang. Ich mochte vielleicht ein Vampir sein, aber wenigstens hatte ich meine Menschlichkeit noch immer nicht verloren.

KAPITEL SECHZEHN

Am Donnerstagabend packte ich alles für die Mädchen, was wir brauchten. Wir wollten am Freitag losfahren, damit die Mädchen vor dem Konzert noch etwas von Memphis sehen konnten. Das Konzert fand am Samstag statt, genau wie mein geheimer Job, die diskriminierenden Fotos zu schießen. Die Mädchen schliefen bereits und jetzt war ich an der Reihe, meine eigene Tasche zu packen. Ich hatte keine Ahnung, was ich zu einem Open-Air-Konzert anziehen sollte, also entschied ich mich für eine Jeans, ein T-Shirt und ein paar Turnschuhe.

Ich packte außerdem ein paar hübsche Kleider ein, da ich für mich und meine Töchter eine Teestunde im Peabody reserviert hatte. Das war zwar teuer, würde sich jedoch lohnen. Ich wollte meinen Kindern das Erlebnis ihres Lebens bieten.

Als ich fertig war, schnappte ich mir eine Flasche Wein und machte mich auf den Weg in den Garten. Seitdem ich zum Vampir geworden war, tendierte ich öfter dazu, in meinem Garten herumzuhängen und den Himmel anzu-starren.

Ich war es nicht gewohnt, allein zu sein. Als ich noch verheiratet war, und wenn die Kinder ins Bett gegangen waren, sahen Miles und ich uns oft bei einem Glas Wein einen Film an oder wir saßen draußen und sprachen über unseren Tag. Meistens sprach er, da ihn die Pflichten einer Hausfrau immer zu langweilen schienen.

Ich war einsam. Ich hätte in einer Million Jahren nicht gedacht, dass ich einmal geschieden mit zwei Kindern enden würde. Jetzt, da ich ein Vampir war, konnte ich noch nicht einmal neu heiraten. Zumindest konnte ich keinen Menschen heiraten. Er würde altern und sterben und ich würde nie älter werden.

Ich wollte mich am liebsten auf meinem Liegestuhl zu einer Kugel zusammenrollen. Tränen flossen über meine Wangen.

„Warum weinst du?"

Beim Klang von Khalans Stimme kniff ich die Augen fest zusammen. Ich wollte seine ermahnenden Worte heute Abend wirklich nicht hören.

„Ich weine nicht." Ich setzte mich schnell auf und wischte mir die Tränen ab.

„Ich bin nicht blind. Ich kann sehen, dass du weinst."

„Es ist gar nichts. Ich hatte nur einen schlechten Tag." Ich drehte mich zu ihm um und sah ihn an.

Er trug eine dunkle Jeans und ein schwarzes T-Shirt. Mein Herz machte bei seinem Anblick einen kleinen Sprung und es war in diesem Moment der Verzweiflung, dass mir bewusstwurde, wie unbedingt ich Sex brauchte.

„Du siehst ... anders aus." Meine Stimme klang kratzig in meinen eigenen Ohren.

„Ich trage immer schwarz." Er schaute finster aus und fuhr sich mit der Hand durch die Haare.

„Du hast deinen Mantel nicht an." Ich neigte den Kopf.

„Ich glaube nicht, dass ich dich schon jemals ohne gesehen habe."

Er sah mich mit zusammengekniffenen Augen an. „Ich habe gesehen, wie du gepackt hast. Wo willst du hin?"

„Ich mache mit den Mädchen einen Wochenendausflug."

„Wohin?"

„Nach Memphis." Ich zuckte mit den Schultern.

Sein Blick wurde hart. „Dieses Wochenende?"

„Ja. Wir fahren morgen los."

Er trat einen Schritt auf mich zu und lehnte sich nah zu mir. „Hör mir genau zu. Ich verbiete dir, nach Memphis zu fahren."

„Wie bitte?" Ich zog eine Augenbraue hoch. Alle lüsternen Gedanken, die ich bezüglich meines Schöpfers gehabt hatte, waren schlagartig verschwunden.

„Ich verbiete dir, dieses Wochenende nach Memphis zu fahren. Es ist zu gefährlich."

„Du kannst mir überhaupt nichts verbieten." Ich stemmte meine Hände in die Hüften und funkelte ihn an. Dies war ganz sicher kein Pisswettbewerb, den er gewinnen würde.

„Hast du eine Vorstellung davon, wie viele Leute dieses Wochenende in Memphis sein werden? Es ist zu gefährlich für dich, ebenfalls dort zu sein. Es ist sehr wahrscheinlich, dass Menschen entdecken werden, dass du ein Vampir bist. Und dann wird die ganze menschliche Rasse versuchen, uns mit Pfählen und Weihwasser zu jagen."

„Du hast gesagt, dass Weihwasser nicht funktioniert."

„Aber ich habe nichts über die Pfähle gesagt." Seine dunklen Augen funkelten mich an.

„Ich muss dieses Wochenende dorthin. Ich habe einen Job dort."

„Sag deinem Boss, dass du es nicht schaffst." Er drehte sich um, um zu gehen, und schaute dann noch einmal über seine Schulter zurück. „Was auch immer du tust, fahre nicht nach Memphis. Es ist zu gefährlich dort. Wenn du in Memphis in Schwierigkeiten gerätst, kann ich dir nicht helfen."

Ich sah ihm nach, als er durch das Tor meines Zaunes in den dunklen Wald lief, der hinter meinem Haus angrenzte.

Er tat fast so, als wäre ich ein Idiot. Ich wusste, wie ich mich aus Ärger heraushalten konnte und niemandem verriet, dass ich ein Vampir war. Ich starrte in die Dunkelheit. Wie konnte er es wagen, mir zu sagen, wie ich mein Leben führen sollte!

Zu viele Jahre lang hatte ich Miles alle Entscheidungen treffen lassen. Jetzt war ich eine alleinstehende Frau. Khalan war vielleicht mein Schöpfer, aber er bestimmte mein Leben garantiert nicht.

KAPITEL SIEBZEHN

„Seid ihr bereit für etwas Spaß?" Ich kletterte in meinen Volvo, startete den Motor und sah meine Mädchen durch den Rückspiegel an.

„Ja. Ich kann einfach nicht glauben, dass du uns früher aus der Schule abgeholt hast." Arianna grinste. „Meine Freundinnen sind alle so eifersüchtig, dass wir einen Tag früher nach Memphis fahren. Sie werden alle erst morgen früh losfahren."

„Ich wünschte, Madeline hätte mitkommen können." Gabby schaute finster drein.

„Es tut mir leid, Schätzchen. Vielleicht beim nächsten Mal. Ich glaube aber, dass du trotzdem Spaß haben wirst."

„Das werde ich, Mommy." Sie schenkte mir ein Lächeln.

„Da ihr bereits Mittagessen gegessen habt, habe ich einen schönen Ort für unseren Nachmittagstee gebucht."

„Wo denn?", fragte Gabby.

„Im Restaurant des Hotels."

„In dem teuren?" Arianna riss die Augen weit auf. „Aber ich habe gar nichts so Hübsches eingepackt."

„Das macht nichts. Ich habe ein hübsches Kleid für dich

und deine Schwester gepackt."

„Muss ich ein Kleid tragen?", seufzte Gabby.

„Ja, Schätzchen. Morgen kannst du anziehen, was du willst. Aber heute Nachmittag werden wir zu einem vornehmen Nachmittagstee gehen mit echten Scones und Streichrahm und Tee."

Ihr Gesicht strahlte. „Wie die Königin von England."

Ich grinste. Das Telefon klingelte und ich schaute aufs Display, um zu sehen, wer anrief.

Miles.

Ich drückte den Bluetooth-Knopf an meinem Armaturenbrett.

„Hallo?"

„Hey Rachel. Ich bin es, Miles."

„Hallo Miles. Du bist auf Lautsprecher und die Mädchen sind im Auto."

„Hi Daddy", riefen Arianna und Gabby.

„Hallo Mädels." Ich konnte das Zögern in seiner Stimme hören. „Warum seid ihr Mädchen denn gar nicht in der Schule?"

„Mommy fährt mit uns nach Memphis zum Memphis-Konzert", sagte Gabby.

„Nun, das wird bestimmt nett." Er räusperte sich. „Rachel, könntest du mich für eine Minute vom Bluetooth nehmen."

„Ja. Warte kurz und ich halte an der Tankstelle an." Ich wollte kein schlechtes Beispiel für die Mädchen sein, indem ich beim Autofahren mein Handy benutzte. Deshalb hielt ich immer an, wenn sie im Auto waren.

„Können wir uns was zu trinken holen?", fragte Arianna.

„Ja, gerne. Hier ist ein Zwanziger. Ihr könnt euch auch beide einen Snack kaufen." Ich reichte ihr einen Zwanzig-Dollar-Schein und wartete, bis sie ins Geschäft der Tankstelle gelaufen waren.

„Was gibt es, Miles?"

„Du hast mir gar nicht gesagt, dass du die Mädchen für das Konzert früher aus der Schule nimmst."

„Es war praktisch in letzter Minute. Da wir dieses Jahr keinen richtigen Familienurlaub gemacht haben, dachte ich, es wäre nett, bereits etwas früher zu fahren. Die Mädchen mögen Memphis beide."

„Die Stadt?"

„Nein. Die Sängerin. So nennt sie sich. Memphis. Und sie behauptet, mit Elvis verwandt zu sein." Ich schnaufte.

„Ich verstehe."

„Also, worüber wolltest du mit mir sprechen?" Ich richtete meinen Blick weiter auf die Schaufensterfront des Geschäftes. Ich sah Gabby und Arianna vorn im Laden stehen, wo sich die Chips befanden. Sie sahen so aus, als könnten sie sich nicht entscheiden, welche Geschmacksrichtung sie kaufen wollten.

„Nikki sagte, dass sie dich angerufen hat."

In diesem Moment spürte ich einen Stich im Herzen. Dies bestätigte, dass sie sich immer noch trafen.

„Ja."

„Was genau hat sie gesagt?" Er sprach jetzt leise.

„Hat sie dir das nicht erzählt? Da ihr jetzt zusammen seid, bin ich davon ausgegangen, dass ihr euch alles erzählt."

„Rachel …"

„Ich kann mir nicht vorstellen, dass sie mir etwas erzählt, was du nicht ohnehin schon weißt." Es fühlte sich gut an, die harschen Worte auszusprechen.

„Ich denke, es war ein Fehler, dich anzurufen."

„Das glaube ich auch. Ich möchte die Dinge zum Wohle der Kinder zivilisiert halten." Ich hob mein Kinn.

„Ja, natürlich. Das ist alles, was ich je wollte", sagte er förmlich.

Ich klammerte meine Hand fester um das Telefon. Ich wollte ihm sagen, dass dies *nicht* alles war, was er wollte. Er hatte sich immer nur um sich gekümmert, niemals um unsere Familie.

„Ich wollte nur nicht, dass sie dich verärgert."

„Wie könnte sie mich denn noch mehr verärgern?", schnaufte ich. „Es ist mir völlig egal, dass sie einen Privatdetektiv angeheuert hat, um Brads Leiche zu finden."

„Das hat sie dir erzählt?" Seine Stimme war ungläubig.

Mein Mund fiel auf. „Wusstest du das nicht?"

„Nein. Natürlich nicht." Ich konnte mir regelrecht vorstellen, wie Miles seine Hand durch sein blondes Haar schob und auf den Boden starrte.

„So wie es scheint, muss sie seine Leiche finden, damit die Lebensversicherung bezahlt."

„Aber sie hat mir erzählt, dass sie keine Lebensversicherung hatten. Sie sagte, Brad wäre hoch verschuldet gewesen. All die Male, als sie mich um Geld bat …"

„Du hast ihr Geld gegeben? Während wir verheiratet waren?", knurrte ich. Wütende weiße Flecken tanzten vor meinen Augen herum.

Sein Schweigen sagte mir alles, was ich wissen musste.

Die Mädchen verließen das Geschäft der Tankstelle. Ich wollte meinen Ex-Mann am liebsten anschreien, weil er seiner Familie gegenüber so egoistisch gewesen war, während er sich seiner Geliebten gegenüber so großzügig gezeigt hatte. Aber ich wollte dies nicht vor meinen Kindern tun.

„Ich muss los." Ich legte einfach auf, während Miles noch stotterte, um ein paar Worte aus seinem verlogenen Mund zu bekommen.

Die Autotür öffnete sich und die Mädchen stiegen mit einer Tüte Kartoffelchips mit Käsegeschmack und Limonade wieder ins Auto ein.

„Kann der Spaß losgehen?" Ich legte den Rückwärtsgang ein. „Denn dieses Wochenende wird unvergesslich werden."

KAPITEL ACHTZEHN

*W*ir konnten frühzeitig im Peabody einchecken. Onkel Stan hatte eine Menge Geld für die Präsidentensuite bezahlt, sodass sie sehr entgegenkommend mit unseren Bedürfnissen waren.

„Ich kann einfach nicht glauben, wie schön dieser Raum ist." Gabby schaute aus dem Fenster. „Können wir zum Dach hochgehen und uns das Entenhaus ansehen?"

„Sicher." Ich schaute auf meine Uhr. „Aber lass mich zuerst unten anrufen, um unsere Teereservierung zu bestätigen."

Die Mädchen liefen zum Fernseher hinüber und schalteten ihn ein.

„Wirklich? Wir sind im schönsten Hotel von Memphis und ihr Mädchen wollt fernsehen?" Ich sah sie beide an und schüttelte den Kopf.

Ich hob den Telefonhörer ab und rief unten an, um unsere Reservierung zu prüfen. Danach packte ich unsere Sachen aus und schaute auf die zwei großen Betten im Schlafzimmer.

„Also, wo werden wir alle schlafen?" Arianna sah mich

fragend an.

„Ich würde sagen, dass Mary Beth und ihre Mutter sich ein Bett teilen werden. Ich werde mit einer von euch in dem anderen Bett schlafen. Ich kann unten anrufen und nachfragen, ob sie uns ein zusätzliches Klappbett bringen können."

„Ich nehme die Couch!" Gabby sprang auf. „Es macht mir nichts aus."

„Danke, Schätzchen." Ich strich mit meinen Fingern durch ihr dunkles Haar. „Das ist wirklich lieb von dir."

„Hier drüben gibt es eine kleine Küche." Arianna war in ein anliegendes Zimmer gelaufen.

Ich folgte ihr. Es war eine Küchenzeile, klein, aber für unsere Bedürfnisse ausreichend. Es gab eine Mikrowelle, eine Kaffeemaschine und einen kleinen Kühlschrank.

„Wann kommen Mary Beth und ihre Mutter hier an?", fragte Arianna, während sie mit ihrem Telefon spielte.

„Sie kommen erst morgen. Ich habe ihnen gesagt, dass sie früh genug herkommen sollen, damit wir gemeinsam im Rendezvous die Straße runter Mittagessen können. Sie haben die besten Rippchen in den ganzen Südstaaten."

„Igitt. Müssen wir das machen?" Arianna verdrehte die Augen und sagte: „Ich wollte lieber einen Burger oder so etwas essen."

„Nun, wir werden sehen. Stephanie hat noch nicht bestätigt, wann sie hier ankommen. Möglicherweise müssen wir uns stattdessen sowieso etwas Schnelles besorgen."

Ich warf einen Blick auf mein Telefon. „Das Konzert beginnt erst morgen Abend um neun. Wir könnten uns davor einen Burger holen und dann zum Konzert gehen. Da es draußen stattfindet, dürfen wir alle unsere Klappstühle mitbringen. Ich habe unsere eingepackt und noch ein paar zusätzliche, falls sie ihre vergessen haben."

„Schau mal." Arianna hatte die lokalen Nachrichten von Memphis eingeschaltet. Sie berichteten über das ‚Memphis

in Memphis'-Konzert. „Sie sagen, dass alle Tickets ausverkauft sind." Sie sah mich an. „Ich kann einfach nicht glauben,
dass du rechtzeitig Karten bekommen hast."

„Ich weiß. Ich schätze, es sollte einfach so sein." Ich
lächelte sie an. Es fühlte sich wirklich gut an, meinen
Kindern etwas Besonderes bieten zu können.

„Jetzt haben wir noch ein wenig Zeit, in der Stadt herumzulaufen, bevor wir zurückkommen und uns für den Tee
vorbereiten müssen." Ich griff nach meiner Handtasche und
den Zimmerschlüsseln. Dann öffnete ich die Tür und die
Mädchen liefen in den Flur hinaus.

Wir verbrachten den frühen Nachmittag mit einem
Bummel durch die Innenstadt und liefen auch am Orpheum
vorbei. Die Mädchen sagten, dass sie eines Tages gern
hierher zurückkommen würden, um sich eine Theaterauf-
führung anzusehen, und ich machte mir eine mentale Notiz,
dies auf meine Liste zu schreiben, wenn wir wieder nach
Hause kamen.

Wir gingen in ein paar Geschäfte und ich ließ jedes der
Mädchen ein T-Shirt auswählen. Als wir ins Peabody
zurückkamen, waren wir alle müde. Ich hatte nicht damit
gerechnet, dass ich so erschöpft sein würde, da ich erst am
Vorabend Blut getrunken hatte.

„Warum entspannen wir uns nicht alle ein wenig, bevor
wir uns zum Tee zurechtmachen?" Ich gähnte hinter vorge-
haltener Hand.

Die Mädchen ließen sich beide auf ein Bett fallen,
während ich die Vorhänge zuzog und mich in das andere
Bett legte. Ich griff nach meinem Telefon auf dem Nachttisch
und stellte den Wecker, damit ich nicht verschlief.

Es schien, als wären nur Sekunden vergangen, als ich
meine Augen wegen des anhaltenden Alarms meines
Weckers wieder aufriss. Ich setzte mich im Bett auf und
blinzelte.

„Wir dachten schon, du würdest verschlafen und wir könnten uns Zimmerservice bestellen." Gabby funkelte mich an.

„Kommt nicht in Frage. Ihr werdet positiv überrascht sein." Ich unterdrückte ein Gähnen. Dann griff ich nach meinem Telefon und stellte den Wecker aus. „Wo ist Arianna?"

„Im Badezimmer und sie zieht ihr schickes Kleid an." Gabby seufzte. „Bist du dir sicher, dass ich nicht einfach anbehalten darf, was ich jetzt anhabe?"

„Nein, Schätzchen. Es handelt sich um ein wirklich schönes Restaurant. Eins, wo Könige und Königinnen speisen könnten." Ihre Augen funkelten bei der Vorstellung.

„Wirklich?"

„Ja, wirklich. Also möchte ich, dass du heute Abend wie eine Prinzessin aussiehst."

„Vielleicht servieren sie uns den Drachen." Sie machte eine schlagende Bewegung mit der Hand, als ob sie mit einem Schwert kämpfte.

„Vielleicht." Ich lachte. Dann klopfte ich an die Badezimmertür. „Arianna?"

„Nur eine Minute."

Die Tür öffnete sich. Arianna kam in einem hübschen hellgrünen Kleid heraus. Sie trug kleine Absatzschuhe und hatte ihr Haar gebürstet, sodass es wie schwarze Seide glänzte.

„Du siehst wunderschön aus, mein Schatz. Möchtest du, dass ich dir die Haare hochstecke?"

„Sicher. Lass mich nur nicht wie ein kleines Mädchen wirken."

„Ich könnte dich nicht wie ein kleines Mädchen wirken lassen, selbst wenn ich es wollte. Du siehst aus wie eine Zwanzigjährige", schnaufte ich.

„Wirklich?", sagte sie mit einem Lächeln.

„Ja." Ich griff nach der Bürste und ein paar Haarnadeln und schaltete den Lockenstab ein. Dann machte ich mir an ihrem Haar zu schaffen, bis es hübsch hochgesteckt war.

„Ich trage die Diamantstecker, die mir Daddy zu Weihnachten geschenkt hat." Sie lächelte in den Spiegel und drehte ihren Kopf zur Seite.

Ich biss mir auf die Lippe, um ihr nicht zu sagen, dass ich es gewesen war, die das Geschenk ausgesucht und gekauft hatte. Ich hatte unsere beiden Namen auf das Kärtchen geschrieben. Irgendwie hatte sie das wohl vergessen.

Ich zwang mich zu einem Lächeln und sah sie an.

„Du siehst wunderschön aus. Jetzt sag deiner Schwester, sie soll herkommen und sich die Haare machen lassen."

„Du wirst den ganzen Abend brauchen, um sie hübsch zu machen", schnaubte Arianna.

„Arianna. Es ist nicht sehr nett, so über deine Schwester zu sprechen. Ihr seid beide wunderschön."

Gabby kam um die Ecke und betrat das Badezimmer. „Ich wäre lieber wahnsinnig gut im Schwertkampf, als wunderschön zu sein." Sie seufzte. „Dann könnte ich jedes Monster töten, das versucht, in unser Haus einzudringen."

„Ja. Wie diesen komischen Gärtner." Arianna schnaubte und verließ das Badezimmer, damit Gabby sich zurechtmachen konnte.

„Er ist kein Gärtner. Er ist ein Zauberer." Gabby verschränkte die Arme. „Außerdem mag ich ihn." Sie sah zu mir auf. „Du magst ihn doch auch, oder Mommy?"

Ich schluckte. „Sicher. Ich kann ihn ganz gut leiden."

„Ganz gut? Er hat dich ins Haus und in dein Schlafzimmer getragen, als du das eine Mal ohnmächtig geworden bist. Ich würde denken, dass du ihn etwas mehr als nur ,ganz gut' leiden kannst." Gabby sah mich prüfend an.

Ich riss meine Augen weit auf. Ich dachte, er hätte sie so verzaubert, dass sie diesen Vorfall vergessen würde. Ich hatte so lange kein Blut zu mir genommen, dass ich ohnmächtig geworden war. Khalan war da gewesen und hatte mich in mein Schlafzimmer getragen und mich sein Blut trinken lassen. Als die Mädchen an die Tür geklopft hatten, war er durch mein Fenster verschwunden.

„Daran erinnerst du dich?"

„Ja. Khalan sagte, dass du ohnmächtig geworden seist, weil du eine Weile nichts gegessen hast. Er sagte, dass es sehr wichtig sei, regelmäßig zu essen, und wenn man eine Mahlzeit verpasst, könnte man in Ohnmacht fallen." Sie runzelte die Stirn. „Aber ich habe auch schon mal vergessen zu essen, als ich draußen gespielt habe, und erinnere mich nicht daran, jemals ohnmächtig geworden zu sein." Sie sah zu mir auf.

„Das liegt daran, dass du noch jung und belastbar bist. Außerdem glaube ich, dass ich in Ohnmacht gefallen bin, weil mein Körper einfach so gestresst war."

„Weil Daddy heimlich mit Nikki herumgemacht hat." Gabby nickte. „Das ist verständlich."

„Gabby, ich glaube nicht, dass ich mit dir darüber sprechen sollte." Ich strich mit der Bürste durch ihr langes dunkles Haar.

„Gut." Sie starrte mich im Spiegel an. „Muss ich dieses rosa Kleid tragen, das du für mich eingepackt hast?"

„Ja."

„Igitt. Ich mag Rosa nicht. Warum kann ich nicht lieber Schwarz tragen? Oder Silber? Oder eine Rüstung? Ich wette, Könige haben zu den Mahlzeiten immer Rüstungen getragen. Irgendjemand versuchte doch immer, sie zu töten, also mussten sie ihre Rüstung auch zum Abendessen tragen. Du weißt schon, um sich zu schützen."

Ich konnte mir ein Lächeln nicht verkneifen. „Ich bin mir sicher, dass du recht hast. Aber ich habe leider keine Rüstung in meinem Koffer, also wirst du das rosa Kleid tragen müssen."

Als wir es schließlich nach unten schafften, waren wir nur fünf Minuten zu früh für unsere Reservierung.

Ich trat zum Oberkellner vor und lächelte. „Ich habe eine Reservierung zum Tee für drei Personen unter dem Namen Jones."

„Ah, ja. Willkommen Mrs. Jones. Wenn Sie mir hier entlang folgen wollen." Der Oberkellner schlängelte sich mühelos durch das wunderschöne Restaurant, bis er an einem Tisch in der Mitte des Raumes stehen blieb.

Er zog meinen Stuhl heraus und ich setzte mich. Dann legte er mir die Serviette auf den Schoß. Er zog Ariannas Stuhl heraus und dann Gabbys.

„Ihr Kellner heißt Charles und er wird in einer Minute bei Ihnen sein." Er lächelte, verbeugte sich leicht und verschwand wieder auf seinen Posten.

Gabby kicherte.

„Hör auf, dich wie ein Kind zu benehmen." Arianna rückte die Serviette auf ihrem Schoß zurecht.

„Ich kann nicht anders. Ich bin ein Kind." Gabby verdrehte die Augen. Sie sah mich an und lächelte. „Ich hatte noch nie einen Kellner, der einen Stuhl für mich rausgezogen hat."

„Ich sagte dir doch, dass dies ein sehr schönes Restaurant ist." Ich grinste, sah mich im Restaurant um und stellte dabei fest, dass fast jeder der Tische besetzt war. Ich hatte Glück gehabt, eine Reservierung zu bekommen.

„Das wird richtig lecker, ihr beiden."

„Ich war noch nie bei einer solchen Veranstaltung." Bei Ariannas staunendem Tonfall musste ich lächeln. Ich hatte ihr etwas recht gemacht und bot ihr etwas, woran sie sich für immer erinnern würde.

„Hier ist die Auswahl an Tees, die Sie bestellt haben, Ma'am. Und die herzhaften Sandwiches sowie die Desserts." Der Kellner stellte einen Turm mit Essen auf den Tisch.

„Darf ich Ihnen einschenken?" Er hielt die silberne Teekanne in der Hand und wartete auf meine Einwilligung.

„Ja, bitte." Ich sah zu, wie er den karamellfarbenen Tee zuerst in meine Tasse, dann in Ariannas und schließlich in Gabbys Tasse goss.

„Sollten Sie noch etwas anderes wünschen, lassen Sie es mich bitte wissen." Er verbeugte sich schnell und überließ uns unseren Köstlichkeiten.

„Ich weiß gar nicht, was ich wählen soll." Arianna grinste begeistert.

„Nun, zuallererst probiere deinen Tee. Es ist ein Oolong-Tee, von dem ich dachte, dass ihr beide ihn mögen würdet. Ihr könnt Milch und Zucker hinzufügen, wenn ihr das möchtet." Ich zeigte auf das kleine silberne Milchkännchen und den silbernen Zuckerbehälter.

„Sieh mal. Der Zucker hat die Form einer Blume." Gabby griff nach einem blauen Zuckerstück, das in die Form eines Gänseblümchens gepresst worden war. Sie hielt es mit der kleinen Zange fest und ließ es in ihre Porzellantasse plumpsen.

„Ich glaube, ich nehme nur Milch." Arianna goss etwas Milch in ihren Tee und rührte ihn sanft um. Sie trank einen Schluck.

„Wie schmeckt er dir?"

„Gut. Aber vielleicht nehme ich doch ein Stück Zucker." Sie ließ eins der kleinen blauen, blumenförmigen Zuckerstücke in ihren Tee fallen und begann zu rühren.

Ich wollte meinem Tee nichts hinzufügen, also beobachtete ich die Mädchen nur, wie sie sich verschiedene Sandwiches und Süßigkeiten auf ihre Teller füllten.

„Mommy, du solltest mal dieses Sandwich probieren. Es ist so süß", sagte Gabby.

„Sprich nicht mit vollem Mund." Ich schüttelte den Kopf. „Das ist ein Gurkensandwich. Da ist Frischkäse drauf."

„Kannst du die zu Hause auch machen?", fragte Arianna.

„Bestimmt. Die Sandwiches und den Tee kann ich machen. Ich muss mir nur ein Rezept für die Scones und den Streichrahm besorgen."

„Streichrahm?" Arianna rümpfte die Nase.

„Das hier ist Streichrahm. Und es schmeckt wesentlich besser, als es klingt. Du wirst es mögen. Ich verspreche es dir." Ich zeigte auf ein kleines Töpfchen mit weißer, cremiger Sahne.

Ich suchte mir ein Sandwich aus und nahm mir außerdem eine Orangenmakrone. Ich biss in das winzige Sandwich.

„Oh mein Gott!" Arianna versteifte sich auf ihrem Platz.

„Was?" Ich sah sie und ihren Teller an. „Was ist los?" Ich griff nach ihrem Arm.

„Sie ist hier." Ariannas Augen wurden groß. Ich folgte ihrem Blick zur anderen Seite des Raumes.

„Wer?" Ich runzelte die Stirn und sah mich in dem überfüllten Restaurant um. Hatte sich Veronica irgendwie ins Chez Pérez eingeschlichen?

„Dreh dich bloß nicht um." Arianna riss ihren Kopf herum und sah mich an. „Sie schaut uns an."

„Arianna. Wer schaut uns an? Du sprichst in Rätseln."

„Sie ist es. Das ist Memphis." Ariannas Gesicht strahlte mit einem breiten Grinsen.

„Die Sängerin?" Ich verzog das Gesicht und schaute quer durch den Raum hinüber. Sofort traf ich den Blick einer wunderschönen blonden Frau. Ich erkannte sie von den Bildern aus dem Internet.

„Hör auf, sie so anzustarren!", flehte Arianna. „Sie wird denken, dass wir sie verfolgen."

„Verfolgen? Das glaube ich nicht. Das Einzige, was ich verfolge, ist diese Orangenmakrone", schnaufte ich und nahm einen Bissen von dem Gebäck.

„Ich will sie auch sehen." Gabby stand auf und starrte durch den Raum.

„Gabby!" Arianna griff nach ihrem Arm, um sie zum Hinsetzen zu zwingen, aber Gabby riss sich los. „Mom, sag ihr, sie soll sich hinsetzen."

„Gabby, setz dich hin und genieße deinen Tee", schimpfte ich.

„Glaubst du, sie würde mir ein Autogramm geben?" Gabby setzte sich wieder, verrenkte sich aber weiter den Hals, um zu Memphis hinüber zu starren.

„Das weiß ich nicht, Schätzchen. Ich denke, sie möchte einfach nur in Ruhe gelassen werden und ihren Tee genießen." Ich trank einen Schluck aus meiner eigenen Tasse. „Hört bitte beide auf, so zu starren, und esst etwas. Dieser Tee hat eine Menge Geld gekostet und ich möchte, dass ihr ihn genießt."

„Ich kann nicht glauben, dass du nicht ausflippst." Arianna funkelte mich an.

„Ich spare mir mein Ausflippen für das morgige Konzert."

„Ich glaube, sie kommt zu uns", sagte Gabby.

„Was?" Arianna verdrehte ihren Kopf. Sie schaute mich wieder an. „Sie kommt tatsächlich her. Verhaltet euch natürlich."

„Ich verhalte mich doch natürlich. Ich sitze nur hier und trinke meinen Tee." Ich zuckte mit den Schultern. „Sie geht wahrscheinlich gerade nur."

„Aber ich wollte ein Autogramm haben." Gabby schmollte.

Arianna schnappte nach Luft, als Memphis an unseren Tisch trat. Ich stellte meine Teetasse ab, um mich bei der Sängerin dafür zu entschuldigen, dass meine Mädchen sie angestarrt hatten.

„Entschuldigen Sie, ich bin ..."

„Ich weiß, wer Sie sind. Sie sind Memphis." Ich lächelte.

„Meine Mädchen sind so aufgeregt, Sie morgen beim Konzert zu sehen."

Sie blinzelte und ihr Lächeln wurde breiter. „Das sind Ihre lieben Mädchen? Wie wunderbar." Sie sah von mir zu Arianna und dann zu Gabby. „Sie sind wunderschön."

Arianna sah aus, als wäre sie gestorben und in den Himmel gekommen, und Gabby hob ihr Kinn hoch und grinste.

„Ich danke Ihnen vielmals. Das sind Arianna und Gabby."

„Hallo Gabby." Memphis streckte ihre Hand aus und Gabby schüttelte sie. „Es ist sehr nett, dich kennenzulernen."

„Ich finde es auch nett, Sie kennenzulernen. Darf ich ein Autogramm haben?", fragte Gabby schnell.

„Gabby", warnte ich sie.

„Oh, das ist schon in Ordnung. Es macht mir überhaupt nichts aus." Sie schnappte sich die Speisekarte aus Papier und zog einen Stift aus ihrer Tasche. Dann kritzelte sie ihren Namen darauf und gab Gabby die Karte zurück.

„Vielen Dank. Das werde ich allen meinen Freundinnen zeigen, wenn ich am Montag wieder zur Schule gehe."

„Und dein Name ist Arianna?" Memphis wandte ihr ihre Aufmerksamkeit zu. „Was für ein wunderschöner Name für ein so wunderschönes Mädchen." Sie streckte ihre Hand aus.

Arianna blinzelte und nahm die Hand der Sängerin. „Vielen Dank", murmelte sie. „Mir gefällt Ihr Name auch."

Memphis stieß ein Lachen aus. „Wenn man Elvis' Blut in sich trägt, muss man natürlich einen passenden Südstaaten-Namen tragen."

„Da kann ich Ihnen nicht widersprechen." Ich lachte. „Wir sind einen Tag früher angereist, damit wir vor dem großen Tag morgen noch etwas von der Stadt sehen können."

„Und wie heißen Sie?" Sie musterte mich.

„Oh, das tut mir leid. Wie unhöflich von mir. Mein Name ist Rachel. Rachel Jones."

Sie neigte den Kopf und streckte mir ihre Hand entgegen. „Sehr nett, Sie kennenzulernen, Rachel."

„Die Freude ist ganz meinerseits." Ich schüttelte ihre Hand und war überrascht, wie stark ihr Händedruck war. Sie war stark für ein so kleines Mädchen.

„Schmeckt euch der Tee?" Sie sah die Mädchen wieder an.

„Ja", sagten sie beide gleichzeitig und tranken einen Schluck.

„Ich weiß, dass Sie sehr beschäftigt sein müssen. Es tut mir leid, dass wir so viel von Ihrer Zeit in Anspruch nehmen." Ich fühlte mich etwas verlegen, weil sie immer noch dort stand, während wir alle saßen.

„Überhaupt nicht. Ich treffe so gern meine Fans. Wenn es Ihnen nichts ausmacht, würde ich mich gern zu Ihnen gesellen." Sie flüsterte ihrem Leibwächter etwas zu und er eilte los, um noch einen Stuhl zu holen.

„Natürlich. Es wäre uns eine Ehre", sagte ich. Ich rückte meinen Stuhl herum, damit sie neben Arianna sitzen konnte.

„Vielen Dank." Sie schenkte uns ein wunderschönes Lächeln. Sofort stellte der Leibwächter einen weiteren Stuhl an unseren Tisch.

Sie ließ sich anmutig auf dem Platz nieder und warf den Mädchen einen Blick zu, bevor sie mich wieder ansah.

„Kommen Sie aus der Gegend von Memphis, Rachel?"

„Nein. Wir kommen aus einer kleinen Stadt, von der sie bestimmt noch nie etwas gehört haben." Ich lachte.

„Oh, ich wette, das habe ich. Ich bin schon überall herumgereist und kenne so gut wie jede Stadt und jedes kleine Dorf." Sie lächelte.

„Wir sind aus Charming, Miss…"

„Mississippi", beendete sie meinen Satz. Ihr Lächeln verschwand.

„Ja. Waren Sie schon einmal dort?"

„Nein. Aber ich habe früher in einer kleinen Stadt in

England gelebt. Tatsächlich war es wie eine Gemeinde." Sie seufzte. „Und die Stadt hieß auch Charming. Ich war jung und verliebt und dachte, ich würde für immer dortbleiben." Sie zuckte mit den Schultern.

„Ich wusste gar nicht, dass Sie einen Freund haben." Arianna lehnte sich vor.

„Oh, das habe ich auch nicht. Nicht mehr. Siehst du, er hat mir das Herz gebrochen und mich verlassen. Allein in der Dunkelheit meines Herzens." Sie seufzte melodramatisch.

Ich blinzelte. Vermutlich mussten Sänger auch Schauspieler sein.

„Es tut mir so leid, das zu hören. Aber Sie sind noch jung und haben viel Zeit, ihren Seelenverwandten zu finden." Ich tätschelte ihre Hand.

Sie nahm meine Hand zwischen ihre und sah mir tief in die Augen. „Ich hoffe, Sie haben recht. Das tue ich wirklich." Ich presste meine Lippen zusammen. Sie erschien mir wie ein verlorenes Kind. Sie hatte alles. Schönheit, Reichtum, Ruhm. Sie würde doch sicherlich auch einen Mann finden.

„Wie lange sind Sie schon verheiratet?" Sie sah mich mit hoffnungsvollen Augen an.

„Tatsächlich bin ich geschieden." Ich sah die Mädchen an. Sie waren immer noch schockiert, dass Memphis an unserem Tisch saß.

„Das tut mir leid. Ich wollte nicht aufdringlich sein." Sie zog ihre Hände aus meinen und schaute wegen ihrer Frage etwas verlegen auf den Tisch.

„Das ist in Ordnung." Ich nickte. „Wir beide lieben unsere Kinder und schaffen es, trotzdem gute Eltern zu sein."

Sie nickte. Dann sah sie mich wieder an. „Sie haben also niemand Besonderen in Ihrem Leben? Niemanden mit dem Sie zusammen sind?"

„Ich?" Ich lachte. „Nein. Ich habe keine Zeit für Verabredungen. Außerdem macht es mich glücklich, einfach nur meine Mädchen aufzuziehen."

„Natürlich tut es das. Sie sind eine wunderbare Mutter." Sie sah Arianna und Gabby an. „Ihre Kinder haben so viel Glück. Wissen Sie, ich habe meine Mutter verloren, als ich noch sehr klein war."

„Das muss schwierig für Sie gewesen sein", sagte ich mitfühlend.

„Tatsächlich war es das. Aber so ist das Leben. Man lebt und lernt und macht einfach immer weiter. Egal, was passiert." Sie sah mich wieder an. „Außerdem würde ich mir keine Sorgen machen, wenn ich Sie wäre. Sie sehen umwerfend aus und die Männer stehen bestimmt Schlange vor Ihrem Haus." Sie lachte.

„Das wage ich zu bezweifeln." Ich lachte. „Aber danke für das Kompliment."

„Der einzige Kerl, der vor unserem Haus stand, ist dieser gruselig aussehende Gärtner", erwähnte Arianna.

Memphis sah Arianna an und runzelte die Stirn. „Ein Gärtner?"

„Ja. Außer dass ich ihn noch nie bei der Arbeit gesehen habe. Er ist irgendwie seltsam. Wir gehen ins Bett und wachen morgens auf und die Blumen sind gepflanzt." Arianna starrte ihr Idol an.

„Tatsächlich? Also ist er so eine Art Nachteule." Sie grinste.

„Ich glaube nicht, dass er ein Gärtner ist." Gabby biss von ihrem Keks ab. „Ich glaube, er ist ein Zauberer."

„Tatsächlich, ein Zauberer. Wie interessant." Memphis lehnte sich auf ihrem Platz vor. „Wie kommst du denn darauf?"

„Gabby", warnte ich sie. „Sie hat eine riesige Vorstellungskraft."

„Das ist großartig. Ich habe auch ganz viel Fantasie." Sie

lächelte und schaute Gabby wieder an. „Verrate es mir, Gabby, warum glaubst du, dass er ein Zauberer ist? Kann er tatsächlich zaubern?"

„Ich bin mir nicht sicher. Er trägt diesen langen schwarzen Mantel mit Kapuze." Sie zuckte mit den Schultern und leckte den Zuckerguss von ihrem Keks. „Er hat diese Augen. So als ob er Sachen weiß. Magische Sachen."

„Es tut mir leid. Er ist nur ein Freund. Ich befürchte, dass er kein Zauberer ist." Ich nahm noch einen Schluck Tee und funkelte Gabby an.

„Mag der Zauberer deine Mommy, Gabby?", fragte Memphis und kicherte.

„Ich glaube schon. Ich meine, er hat sie in ihr Bett getragen." Sie zuckte mit den Schultern.

Ich stöhnte. „Es ist nicht das, wonach es sich anhört. Ich bin ohnmächtig geworden und er war zufällig da. Er hat mich ins Bett getragen, damit ich mich hinlegen konnte."

Memphis' Lächeln war verschwunden und sie rutschte nervös auf ihrem Platz herum. Sie sah die Mädchen an und dann wieder zu mir.

„Sie müssen sich auf das Konzert morgen freuen." Ich schob mir ein Gurkensandwich in den Mund, weil ich spürte, dass mein Gesicht vor Verlegenheit knallrot wurde. Sie dachte wahrscheinlich, ich wäre eine unfähige Mutter.

Ihr Gesichtsausdruck erheiterte sich wieder. „Ja, tatsächlich. Ich muss zur Probe bereits früher dort sein. Wann kommen Sie denn an?"

„Nun, auf den Karten steht, dass wir vor sieben nicht reinkommen. Ich bin mir sicher, dass es eine Schlange am Tor geben wird und die Leute sich darum reißen werden, in der ersten Reihe zu stehen. Es fängt aber erst um neun an, richtig?"

„Ja. Aber ich würde mir keine Sorgen machen, gegen die Massen anzukämpfen. Ich werde alle Ihre Namen auf die

Gästeliste setzen lassen, damit Sie bereits vor dem Konzert hineingehen können, und ich werde Ihnen außerdem einen Bereich in der ersten Reihe reservieren."

„Wirklich?" Arianna hob ihre Hand vor ihren Mund.

„Ja, wirklich." Memphis drückte ihre Hand und strahlte.

„Vielen lieben Dank. Meine Freundinnen werden einfach nicht glauben können, dass wir Plätze in der ersten Reihe bekommen."

„Wow. Vielen Dank. Aber es gibt ein Problem." Ich stellte meine Teetasse wieder auf die Untertasse.

„Ein Problem?" Memphis riss die Augen weit auf.

„Nun, Memphis. Wir teilen uns ein Zimmer mit einer anderen Mutter und ihrer Tochter, die erst morgen Abend ankommen. Sie wollten mit uns gemeinsam zum Konzert gehen."

„Das ist überhaupt kein Problem. Ich werde sie ebenfalls auf die Gästeliste setzen lassen", sagte Memphis fröhlich. Sie sah die Mädchen wieder an. „Warum lassen Sie Gabby und Arianna nicht ein wenig früher kommen. Sie können mir bei der Probe zuschauen und ich kann ihnen den Backstage-Bereich und den Tourneebus zeigen. So können sie auf ihre Freundin warten und zum Konzert kommen, wenn sie angekommen ist."

Ich rutschte unbehaglich auf meinem Platz herum. „Ich weiß nicht …"

„Mom, bitte", flehte Arianna.

Gabby griff nach meiner Hand. „Mommy, bitte. Wir machen sonst nie so coole Sachen. Wir werden in der Schule berühmt sein."

„Ich lasse meine Mädchen normalerweise nicht mit …"

„Mit Fremden allein?" Memphis lachte. „Das kann ich verstehen. Und ich kann spüren, dass sie eine gute Mutter sind. Ich verstehe, dass sie besorgt sind. Man weiß nie, was dort draußen so los ist." Sie schaute über ihre Schulter und winkte einen ihrer Leibwächter zu uns heran. „Aber das hier ist Marcus und er ist einer meiner Leibwächter. Er war früher ein Navy-SEAL."

„Hallo Marcus." Ich lächelte den großen Mann an. „Schön, Sie kennenzulernen."

„Gleichfalls, Miss." Er nickte, lächelte jedoch nicht. Er war breit gebaut und trug einen schwarzen Anzug und eine dunkle Sonnenbrille. Sein Haar war im typischen Militärstil kurzgeschoren und sein Auftreten entsprach seiner Körpersprache.

„Marcus könnte die Mädchen am Veranstaltungsort zu meinem persönlichen Tourneebus bringen. Er ist super modern. Sie könnten bei mir bleiben, während ich mich fürs Konzert zurechtmache. Und dann könnte ich sie im Backstage-Bereich herumführen."

„Oh Mom, bitte." Arianna sah mich an, als hielte ich alle Antworten des Universums in meiner Hand.

„Mommy! Bitte." Gabby schloss sich ihrem Betteln an und klatschte in die Hände. „Das ist eine einmalige Gelegenheit. Außerdem werden alle in der Schule so neidisch auf uns sein!"

„Ich weiß nicht." Ich wand mich nervös auf meinem Platz und stellte meine Teetasse ab. „Ich möchte es nur ungern annehmen, weil ich weiß, wie beschäftigt Sie sein müssen. Mit all der Vorbereitung und dem Bühnenaufbau und so."

„Es macht wirklich überhaupt keine Umstände." Sie seufzte und lehnte sich in ihrem Stuhl zurück. „Es würde mir sogar guttun, etwas Gesellschaft zu haben, während alle anderen Dinge vorbereitet werden. Ich werde gleich morgens proben, damit ich meine ganze Zeit mit ihnen verbringen kann, wenn sie am Nachmittag dort ankommen." Sie neigte den Kopf. „Es ist fast so, als würden sie mir damit einen Gefallen tun." Ihr Grinsen wurde breiter.

„Bitte", sagten Arianna und Gabby gleichzeitig mit ihren Händen unter dem Kinn.

Es war tatsächlich eine einmalige Gelegenheit. Und ich würde mir keine Sorgen darum machen müssen, dass Stephanie auf die Mädchen aufpassen musste, während ich die Fotos für den Auftrag von Onkel Stan schießen würde. Möglicherweise wollte ich der ganzen Sache nur nicht zustimmen, weil ich Vertrauensprobleme hatte. Außerdem hätten die Mädchen Sicherheitsleute um sich, während sie bei Memphis waren. Sie wären so sicher wie das Gold in Fort Knox.

„Nun ..." Ich sah meine Mädchen an, die buchstäblich den Atem anhielten.

„Sind Sie sich sicher, dass es keine Umstände macht?" Ich musterte Memphis. Ihr Gesicht strahlte vor Freude.

„Natürlich nicht! Ich werde sie beschützen, als wären sie meine eigenen." Sie nickte.

„Nun. In Ordnung, sie können gehen."

Die Mädchen stießen ein quietschendes Lachen aus, das mehrere Blicke von anderen Leuten im Restaurant auf uns zog.

„Perfekt!" Memphis verschränkte ihre perfekt manikürten Finger ineinander. „Wenn Sie mir Ihre Handynummer geben, schicke ich Ihnen eine SMS, wenn Marcus auf dem Weg ist, um sie hier abzuholen."

Ich gab ihr schnell meine Nummer, die sie sofort in ihrem Telefon einspeicherte. Dann stand sie auf.

„Ich kann den morgigen Tag kaum erwarten. Und ich hoffe, dass Sie alle den Rest Ihres Tees genießen werden." Sie winkte und lief mit ihren Leibwächtern im Schlepptau zur Tür hinaus.

KAPITEL NEUNZEHN

An diesem Abend, nachdem die Mädchen in unserem Hotelzimmer zu Bett gegangen waren, lief ich in den Flur hinaus, um Onkel Stan anzurufen.

„Wir gehen vor wie geplant", sagte Onkel Stan. „Sie sollten gegen halb sieben in der Peabody Bar sein. Angeblich fängt der Ehemann gern frühzeitig an zu trinken. Machen Sie sich nicht zu hübsch. Sie wollen unsere Köderfrau ja nicht in den Schatten stellen."

„Ich werde nur eine Jeans und ein T-Shirt tragen." Das wollte ich zum Konzert anziehen. Ich hatte geplant, die Bilder zu schießen und dann direkt danach zum Konzert zu gehen.

„Perfekt. Und setzen Sie sich nicht an die Bar. Sie müssen in einem Bereich sitzen, von wo aus Sie ihn und die Frau gut fotografieren können, ohne bemerkt zu werden."

„Aber ist es nicht auffällig, dass ich eine Kamera habe?"

„Ja. Aber Sie müssen sich unauffällig verhalten. Beiläufig. So als würden Sie sich für eine Tour durch die Stadt vorbereiten oder so etwas. Ich weiß es auch nicht. Denken Sie sich etwas aus, wenn jemand fragt, warum Sie eine Kamera haben. Obwohl ich bezweifle, dass jemand so etwas fragen würde. Machen Sie sich eher Sorgen darum, das verdammte Bild zu schießen."

„Ich schaffe es." Ich nickte.

„Das will ich Ihnen geraten haben", sagte er schroff. „Ich hatte gerade wieder einen Anruf von jemandem, der ihren Job haben will. Er behauptet, er könne jedes Bild besorgen, egal wo, egal wann. Er ist neu in Charming und sucht nach Arbeit."

„Nun, Sie müssen wirklich niemand anderen anheuern. Ich werde diesen Job erledigen, genau wie jeden anderen Job, den Sie für mich haben werden." Selbstbewusst hob ich meinen Kopf.

„Selbst wenn ich Sie bitte, sich um einen Fall für Nikki zu kümmern?"

Ein Schauer lief mir den Rücken hinunter. Er wusste nicht, dass ich ihr zu seinem Büro gefolgt war.

„Für welche Art Fall würde Nikki wohl einen Privatdetektiv brauchen?", fragte ich schnippisch.

„Sie will ihren Mann finden."

„Aber hat Brad nicht einen Abschiedsbrief hinterlassen? Ich meine doch, dass es sehr wahrscheinlich ist, dass er das, was er in den Brief geschrieben hat, tatsächlich auch wirklich getan hat." Ich versuchte, meine Stimme ruhig und gleichmäßig zu halten, obwohl ich mich überhaupt nicht so fühlte. Khalan hatte Brad getötet, als Brad mir in den Kopf geschossen hatte, weil ich die Dinge für ihn und Nikki versaut hatte. Zum Glück für mich konnte eine Kugel in den Kopf einen Vampir nicht töten. Khalan hatte behauptet, dass er die Leiche und Brads Auto, in dem überall meine DNA zu finden war, hatte verschwinden lassen.

„Sie braucht die Leiche, damit die Lebensversicherung auszahlt."

„Na sicher tut sie das." Ich biss die Zähne zusammen.

„Nachdem Sie Ihren Ehemann bei der Scheidung finanziell ausgenommen haben, hat Sie sicher auch festgestellt, dass sie sich auf sich selbst verlassen muss."

„Bis sie ein anderes Arschloch findet, von dem sie sich aushalten lassen kann. Sind Sie sich denn außerdem sicher, dass Miles und Nikki nicht mehr miteinander schlafen?", platzte ich heraus. Wenn es jemand wusste, dann wäre es Onkel Stan. Er war wie Google.

„Ich bin mir sicher. Er arbeitet jetzt viel zu viel, um noch Zeit für sie zu haben." Er gluckste. „Aber ich muss etwas sagen, Rachel. Ich hätte gedacht, Sie wären inzwischen darüber hinweg, was und mit wem Ihr Ex-Mann etwas tut."

„Ich bin darüber hinweg", log ich. Nun, zumindest größtenteils.

„Nun, im Moment arbeite ich an ein paar Spuren bezüglich Brad. Wenn sich etwas ergibt, wofür ich Fotos brauche, lasse ich es Sie wissen." Er legte auf.

Ich saß da und starrte ein paar Sekunden auf mein Handy. Ich hoffte, dass Onkel Stan genügend Beweise für Brads Tod finden konnte, ohne eine Leiche haben zu müssen. Das wäre wirklich das beste Resultat für alle. Während es mir leidtat, dass Brad tot war, war ich jedoch glücklicher darüber, selbst am Leben zu sein, und darüber, dass Khalan sich um Brad gekümmert hatte, sodass ich nicht den Rest meines Lebens ständig nervös über meine Schulter schauen musste.

Khalan.

Ich schüttelte den Kopf und lief zurück in mein Zimmer. Ich musste morgen einen Job erledigen und würde Onkel Stan nicht enttäuschen.

KAPITEL ZWANZIG

ie Mädchen wachten unglaublich früh auf. Sie waren so aufgeregt, den Nachmittag mit Memphis zu verbringen, dass ich sie kaum dazu bringen konnte, beim Frühstück stillzusitzen. Es waren noch Stunden, bevor sie abgeholt wurden, und sie hatten so viel Energie, dass ich beschloss, einen kurzen Spaziergang durch die Innenstadt von Memphis mit ihnen zu machen.

„Wann werden Mary Beth und ihre Mutter hier ankommen?" Arianna leckte an ihrem Eis. Ich hatte nachgegeben und sie Eis zum Mittag essen lassen. Ich dachte mir, da dies ein besonderer Anlass war, sollten wir alle feiern.

Ich versteckte ein Gähnen hinter meiner Hand. Das Gute daran, dass die Mädchen um drei am Nachmittag abgeholt wurden, war die Tatsache, dass ich ein Nickerchen machen konnte, bevor ich mich für meinen Job zurechtmachen musste.

„Ich habe heute Vormittag mit ihr gesprochen. Sie kommen etwas später als geplant und wir werden sie erst beim Konzert treffen."

„Hast du ihnen von unserem Treffen mit Memphis

erzählt und dass sie uns eingeladen hat, sie heute Nachmittag zu besuchen?" Arianna strahlte.

„Das habe ich." Ich trank einen Schluck von dem bitteren Kaffee, den ich bestellt hatte.

„Waren sie eifersüchtig?" Gabby lachte.

„Das würde ich so nicht sagen." Ich vermied es, sie direkt anzusehen.

„Warum nicht?" Arianna schnaubte.

„Nun, Stephanie ist der Meinung, dass ich nicht hätte zustimmen sollen, dass ihr gehen dürft. Da Memphis technisch gesehen eine Fremde ist." Etwas an dem Gespräch, das ich mit Stephanie geführt hatte, hatte mich gestört. Sie hatte mich als Mutter wie eine Versagerin fühlen lassen. Sie schien stets einen so hohen Standard zu haben, dass ich ihr nie gerecht werden konnte. Ich war immer noch überrascht, dass sie dieses Konzert mit ihrer Tochter überhaupt besuchte.

„Sie ist so uncool", sagte Arianna.

„Arianna. Das ist nicht nett. So etwas sagen wir nicht." Ich legte meine Stirn in Falten.

„Was? Es ist ja nicht so, als hättest du nicht dasselbe gedacht." Sie sah mich an.

Möglicherweise stimmte das, aber ich würde es nie laut sagen.

Ich seufzte. „Stephanie hat eben einfach sehr hohe Erwartungen und manchmal können Menschen diesen Erwartungen nicht gerecht werden."

„Ich weiß. Mary Beth sagt immer, dass ihre Mutter sie verrückt macht. Sie sagt, dass sie sie andauernd belehrt, anstatt sie ihre eigene Meinung haben zu lassen." Arianna leckte noch einmal an ihrem Eis.

„Nun, lasst mich euch Kindern mal etwas sagen. Wenn ihr beide selbst Mütter werdet, werdet ihr sehen, wie schwierig es ist."

„Mir wird es nicht schwerfallen." Gabby leckte an ihrem

Schokoladeneis. „Ich werde in einem Schloss leben und zwölf Kinder haben."

„Zwölf?" Ich hielt inne und starrte sie an.

„Ja. Auf diese Weise können wir immer spielen und ich werde ihnen so coole Dinge wie Schwertkampf beibringen oder wie man auf einem Drachen reitet. Und Krav-Maga-Kontaktkampf."

„Krav Maga?" Ich starrte meine Tochter an.

„Ja. Wie sonst kann man denn seinen Feind zur Strecke bringen?" Sie blinzelte und leckte noch einmal an ihrer Eiswaffel.

Ich brach in schallendes Gelächter aus.

„Ich werde keine zwölf Kinder kriegen. Vielleicht werde ich gar keine haben." Arianna zuckte mit den Schultern.

„Ihr solltet im Moment beide nicht darüber nachdenken. Ihr habt noch eine Menge Zeit, bevor ihr eine solche Entscheidung treffen müsst. Macht lieber erst einmal euren Schulabschluss, entscheidet euch für eine Karriere, geht an die Uni, heiratet ..." Es machte mich ein wenig traurig, dass meine Mädchen erwachsen wurden. Ich hatte nie darüber nachgedacht, wie schnell die Zeit verging, aber hier saßen wir nun und sprachen über erwachsene Sachen und näherten uns mit jeder Sekunde dem Tag, an dem sie mich nicht mehr brauchen würden.

„Ich wünschte, der Zauberer wäre hier bei uns. Ich wette, er würde Memphis auch gerne sehen. Ich wette, er würde sie für eine wunderschöne Prinzessin halten", sagte Gabby.

Ich zuckte zusammen. „Erstens ist er kein Zauberer. Und zweitens glaube ich auch nicht, dass ihm ihre Musik gefallen würde. Ich bin mir auch nicht so sicher, ob er sie mögen würde."

„Oh, er würde sie bestimmt mögen. Alle Männer mögen Memphis", sagte Arianna.

„Nun, Khalan ist nicht alle Männer." Ich schnaufte.

„Das stimmt." Gabby hob ihr Kinn hoch in die Luft. „Er ist anders. Er ist ein Zauberer."

Arianna rollte mit den Augen, aber ich ermahnte sie nicht. Ich war zu sehr damit beschäftigt, darüber nachzudenken, ob Khalan Memphis tatsächlich attraktiv finden würde. Sie schien mir zu temperamentvoll und extrovertiert für ihn zu sein. Aber sie war umwerfend schön auf eine Weise, wie es nur wenige Frauen waren.

„Jetzt habe ich noch eine Überraschung für euch beide. Ich habe uns im Hotel zur Maniküre eingebucht."

„Wirklich?" Arianna sah mich dankbar an. „Ich hatte keine Zeit, mir die Nägel zu lackieren, bevor wir losgefahren sind." Sie hob ihre Hand hoch und sah ihre Nägel prüfend an.

„Darf ich mir aussuchen, welche Farbe ich haben will?" Gabby klimperte mit ihren langen Wimpern.

„Solange es nichts Schräges ist", sagte Arianna.

„Was bedeutet denn schräg?" Gabby sah sie abschätzend an.

„So wie kotzgrün oder Drachenkot." Arianna zuckte mit den Schultern.

„Arianna, das sind doch keine echten Namen für Nagellack."

„Nun, das sollten sie aber sein, weil sie sich immer die hässlichste Farbe aussucht", sagte Arianna.

„Ich bin einfach nur kreativ und lebe eben nicht nach den Erwartungen anderer Leute. Außerdem wäre Drachenkot ein cooler Name für eine Nagellackfarbe. Es würde meine altehrwürdigen Todfeinde abschrecken." Gabby wandte ihre Aufmerksamkeit wieder ihrem Eis zu.

„Siehst du. Du redest sogar komisch. Altehrwürdige Todfeinde? Wer sagt denn so etwas?" Arianna rümpfte mit unverhohlenem Spott die Nase.

„Ich wette, Khalan tut es. Denn er ist ein Zauberer", antwortete Gabby, ohne mit der Wimper zu zucken.

Ich schaffte es kaum, mein Lachen zu unterdrücken.

„Wenn wir gerade beim Thema Gärtner sind …" Arianna sah mich scharf an.

„Zauberer", korrigierte sie Gabby.

„Was genau macht ihr beide eigentlich? Bist du mit ihm zusammen?", fuhr Arianna fort. Sie behielt mich im Blick, wie ein Falke auf eine Feldmaus starren würde.

„Nein! Zwischen uns läuft gar nichts", sagte ich schnell. „Er ist nur der Gärtner."

„Der dich zufällig gegen Dad verteidigt hat und dich in dein Schlafzimmer trägt, wo er Gott weiß was macht", antwortete Arianna trocken.

„Arianna!" Mein Mund klappte weit auf.

„Was? Würdest du mich vom Gärtner herumtragen lassen?" Sie musterte mich.

Gabby leckte jetzt nicht mehr an ihrem Eis und wartete auch auf meine Antwort.

Ich seufzte. „In Ordnung. Ich werde ehrlich mit euch sein."

„Ihr seid zusammen, nicht wahr?" Arianna sah mich entsetzt an.

„Nein! Definitiv nicht." Ich funkelte sie an.

„Verdammt. Ich wollte einen Zauberer als Stiefvater haben", schmollte Gabby.

Ich schüttelte den Kopf. Irgendwie hatte diese Unterhaltung eine Wendung zum Schlimmsten genommen.

„Hört mir mal gut zu. Alle beide. Ich bin weder mit Khalan noch mit sonst jemandem zusammen. Wenn ich zu diesem Stadium komme, werde ich euch es wissen lassen. Was meine Beziehung zu Khalan betrifft, er ist nur ein Freund."

Arianna verdrehte die Augen.

„Er ist nur ein Freund. Ich verspreche es. Er war für mich auf eine Weise da, wie andere es nicht waren."

„Du meinst wie Daddy." Arianna neigte den Kopf.

Ich schüttelte den Kopf, lief zu einer Bank und setzte mich. Ich winkte sie zu mir herüber. Sie setzten sich hin und starrten mich an.

„Während der Scheidung hatte ich nicht viel Unterstützung. Khalan tauchte auf und half mir ungefragt auf eine Weise, von der ich noch nicht einmal wusste, dass ich es brauchte."

„Wie zum Beispiel mit der Neubepflanzung des Penisblumenbeets?", fragte Gabby fröhlich. Eine vorbeilaufende Frau warf mir einen schockierten Blick zu.

„Schätzchen, lass uns aufhören, das so zu nennen." In der Nacht, in der ich Miles' Affäre aufgedeckt hatte, sah das Blumenbeet-Projekt, das eigentlich wie das Maskottchen der Ole-Miss-Universität aussehen sollte, am Ende aus wie ein riesiger Penis mit blauen Eiern. „Aber ja. Khalan hat das Blumenbeet neu bepflanzt. Und außerdem hat er hin und wieder nach mir geschaut, um sicherzugehen, dass ich alles habe, was ich brauchte."

„Im Austausch für was?" Arianna kniff die Augen zusammen.

„Für nichts." Ich blinzelte. „Abgesehen davon, ihm mit ein paar Kojotenbabys zu helfen, deren Mutter erschossen wurde."

„Wer würde denn eine Kojotenmama erschießen?" Gabbys Lippen zitterten.

„Es waren ein paar Jäger, die es nur zum Spaß gemacht haben."

„Haben die Babys überlebt?", fragte Arianna leise.

„Das haben sie. Und es wird ihnen jetzt gut gehen."

„Aber wer passt jetzt auf sie auf? Warum hast du sie nicht zu uns nach Hause gebracht?", fragte Gabby.

„Ein anderes Rudel hat sie aufgenommen." Ich wagte es nicht zu sagen, dass es ein Wolfsrudel gewesen war. „Und ich konnte sie nicht zu uns nach Hause bringen, weil es wilde Tiere sind. Sie müssen bei ihrer eigenen Art bleiben."

„Und das ist das Einzige, worum er dich gebeten hat?" Arianna zog eine Augenbraue hoch.

„Ja. Du siehst also, zwischen uns läuft gar nichts. Außerdem glaube ich sowieso nicht, dass er ein Typ für eine Beziehung wäre."

„Nein, wäre er nicht", sagte Gabby nachdenklich.

„Was meinst du damit?" Ich sah meine Jüngste genau an.

„Er ist eindeutig die Art von Mann, der nur eine Person lieben kann. Er ist treu und ehrenhaft. Und sehr angsteinflößend. Aber das ist eine gute Sache." Gabby nickte. „Außerdem ist er ein Zauberer."

„Gabby ..." Ich wollte sagen, dass nichts von alledem wahr sei. Vor allem, dass er ein Zauberer war. Aber ich war müde und wollte nur zurück ins Hotel, wo es dunkel war und wir unsere Maniküre bekommen würden.

Ich schaute auf die Uhr.

„Lasst uns zurückgehen, damit wir uns die Nägel machen lassen können."

KAPITEL EINUNDZWANZIG

„*B*enehmt euch gut, ihr beiden. Und ruft mich an, wenn ihr mich braucht." Ich umarmte zuerst Arianna, dann Gabby. Dann schaute ich zu Marcus auf, der mit einem strengen Gesichtsausdruck, welcher sich nie zu verändern schien, die Autotür offenhielt.

„Mommy, wir werden dich nicht anrufen. Wir werden zu viel Spaß haben." Gabbys Augen funkelten.

„Hier, mach ein Foto davon, wie ich abgeholt werde." Arianna reichte mir ihr Telefon. Sie machte eine Pose neben Marcus, der noch nicht einmal mit der Wimper zuckte.

Ich schoss das Foto und gab ihr das Handy zurück. Dann sah ich Gabby an. „Willst du, dass ich von dir auch ein Bild mit Marcus mache?"

„Nein. Ich warte, bis wir bei Memphis im Tourneebus sind." Sie wackelte mit den Augenbrauen.

Ich schüttelte den Kopf. Ich hoffte wirklich, dass ich das Richtige tat, die Mädchen gehen zu lassen. Stephanies Worte fielen mir wieder ein. Sie hatte gesagt, Memphis sei eine Fremde, und warnte mich davor, Gabby und Arianna mit ihr allein zu lassen.

„Hör auf, dir Sorgen zu machen, Mom." Arianna warf mir einen Blick zu. „Wir sehen dich in ein paar Stunden. Außerdem werden wir dich anrufen, sollten wir dich früher brauchen, so wie du gesagt hast."

„Ich weiß. Ich weiß. Ich mache mir eben einfach Sorgen. Ihr beiden seid mein Ein und Alles." Ich strich mit der Hand über ihr dunkles Haar.

„Ma'am. Wir müssen jetzt los, bevor der Stadtverkehr zu sehr zunimmt", sagte Marcus mit seiner monotonen Stimme.

„In Ordnung." Ich gab ihnen eine letzte Umarmung und einen Kuss. Dann beobachtete ich vom Bürgersteig aus, wie sie auf den Rücksitz der Limousine mit den verdunkelten Scheiben kletterten. „Schnallt euch an", erinnerte ich sie.

Marcus schloss die Tür hinter ihnen. Er nickte mir knapp zu.

Ich sah zu, wie die schwarze Limousine in die Straßen von Memphis abbog und davonfuhr. In meiner Kehle bildete sich ein Kloß und ich konnte nichts dagegen tun. Ich versuchte zu schlucken, aber mein Hals war trocken und wie zugeschnürt. Ich ging aus der hellen Sonne zurück ins Peabody.

Ich wollte nach oben gehen, weil ich so müde war und ein Nickerchen brauchte, bevor ich heute Abend arbeiten würde. Aber ich wusste, dass ich nicht schlafen könnte, wenn ich allein im Zimmer wäre, weil ich mir die ganze Zeit Gedanken machen würde, ob es den Mädchen gutging. Ich blieb vor einem Aufsteller des Peabody-Wellnessbereichs stehen. Mein Blick fiel auf die Broschüre über die Ganzkörpermassage.

Ich beschloss, zum Wellnessbereich zu gehen und zu sehen, ob sie einen Termin frei hatten.

Der Wellnessbereich war dunkel und beruhigend und ich fühlte mich dort sofort wohl.

„Kann ich Ihnen behilflich sein?" Die Empfangsdame war eine ältere Frau mit freundlichem Blick.

„Ja. Ich habe keinen Termin, habe aber trotzdem gehofft, eine Ganzkörpermassage bekommen zu können."

„Wie lautet Ihre Zimmernummer?" Sie blickte auf ihren Computerbildschirm.

„501."

„Ah. Das ist eines unserer schönsten Zimmer. Obwohl ich sagen muss, dass alle Zimmer im Peabody schön sind." Sie lächelte und begann, ein paar Dinge auf ihrer Tastatur einzutippen.

„Es tut mir leid, dass es so kurzfristig ist."

„Überhaupt kein Problem. Tatsächlich ist Zena gerade verfügbar und hat jetzt Zeit für Sie." Sie schaute von ihrem Bildschirm auf.

„Perfekt. Das freut mich."

Die Empfangsdame stand hinter ihrem Schreibtisch auf und winkte mich in die Umkleidekabine. „Hier ist ein Schrank, in den Sie alle Ihre Sachen legen können, und hier sind die Bademäntel und Hausschuhe." Sie zeigte auf einen Korb mit Hausschuhen und das Regal mit den ordentlich zusammengelegten Bademänteln.

„Nachdem Sie sich Ihren Bademantel angezogen haben, wird jemand herkommen und Sie für Ihre Massage abholen. Und denken Sie bitte daran, dass Sie nach ihrer Behandlung unbedingt ganz viel Wasser trinken müssen, um all die Giftstoffe aus Ihrem Körper zu spülen."

„Vielen Dank." Ich sah ihr nach, als sie den Raum verließ. Ich nahm mir ein paar Hausschuhe und einen Bademantel. Dann schnappte ich mir den Schlüssel und lief ins Bad, um mich dort umzuziehen.

Als ich wieder herauskam, schloss ich meine Sachen im Schrank ein und wickelte das Schlüsselband um mein Handgelenk.

Ich setzte mich auf einen der übergroßen Sessel und sah mich um. Leise Musik spielte und das Licht war gedimmt. Auf dem langen Tisch stand eine Karaffe mit eiskaltem Wasser und Gläsern, zusammen mit einer angezündeten Kerze.

An einer Wand gab es ein leise plätscherndes Wasserspiel, das mich eingeschläfert hätte, wäre ich nicht so besorgt um meine Kinder gewesen.

Die Tür öffnete sich und eine junge Frau in ihren Zwanzigern kam herein. Sie war groß und blond und hatte perfekte Haut.

„Sie müssen Mrs. Jones sein. Ich bin Zena. Ich werde Sie heute massieren", sagte sie mit einem Lächeln.

„Hier entlang, bitte", sagte sie leise.

Ich folgte ihr durch den dunklen Flur in einen der kleinen Räume. „Ich lasse Sie sich ausziehen und unter das Laken legen. Ich werde mit der Vorderseite beginnen, also legen Sie sich bitte auf den Rücken. Sie können Ihren Bademantel hier hinten an die Tür hängen." Sie ging hinaus und schloss die Tür hinter sich.

Ich steckte den Schlüssel zu meinem Schließfach in die Bademanteltasche und zog mich aus. Ich war, bis auf mein Höschen, nackt. Selbst als ich noch ein Mensch war, hatte ich mein Höschen immer anbehalten, wenn ich eine Massage bekam.

Ich kletterte unter die warmen Laken und legte mich auf den Rücken. Der Raum war warm und die Dunkelheit ließ meinen Körper entspannen.

Die Tür öffnete sich und Zena trat wieder herein. „Haben Sie irgendwelche Bereiche, auf die ich mich konzentrieren soll?"

„Nicht wirklich. Ich würde sagen überall. Und Sie können ruhig eine Tiefenmassage machen. Mir tut nichts so schnell weh." Ich schloss die Augen.

Ich hörte, wie sie das Öl in ihre Hand pumpte, gefolgt von dem unverwechselbaren Geräusch, als sie ihre Hände aneinander rieb. Sie stellte sich an die Kopfseite, legte ihre Hände auf beide Seiten meines Halses und begann zu massieren.

Meine Gedanken schweiften ab, als sie ihren Zauber auf meinem Körper wirken ließ. Es war zu lange her, dass ich, abgesehen von einer Umarmung meiner Töchter, von einem anderen Menschen berührt worden war. Vielleicht war das der Grund, warum ich mich von Khalan so angezogen fühlte. Vielleicht sollte ich wirklich einmal eine Verabredung haben.

Ich konnte einfach nicht glauben, dass meine Mädchen gedacht hatten, dass zwischen Khalan und mir etwas lief. Sie kannten ihn nicht so, wie ich es tat. Khalan würde nie mit jemandem zusammen sein. Es schien zu viel Aufwand für ihn zu sein. Er würde lieber mit Tieren in der Wildnis leben als mit einer anderen Person.

Ich seufzte, als sie sich meinen Körper entlang zu meinen Beinen hinunter arbeitete. Nach einer Weile flüsterte sie mir leise zu, dass ich mich auf den Bauch drehen sollte. Ich legte meine Stirn auf das weiche weiße Gesichtskissen und entspannte mich, als sie begann, meinen Hals zu massieren. Mit der Massage und dem dunklen Raum spürte ich, wie ich mich immer tiefer entspannte, bis ich schließlich einschlief.

Ich träumte, dass ich mit Khalan in einem Schlafzimmer war. Er trug kein Hemd und stand in der Mitte des Raumes und starrte mich an. Sein Waschbrettbauch war wie der eines Kriegers und seine Haare hingen um sein Gesicht herum. Seine dunklen Augen konzentrierten sich auf mich und mein Bauch wurde warm.

„Komm her." Er streckte seine Hand zu mir aus.

Verlangen strömte wie ein Sturzbach durch mich und ich konnte es nicht stoppen. Ich trat einen Schritt nach vorn und dann noch einen, bis ich nur noch wenige Zentimeter von seinem großen Körper entfernt stand.

„Khalan." Ich flüsterte seinen Namen.

Er streckte seine Hand aus und legte sie um meine Wange. Diese kleine Geste versetzte meine Libido in Aufruhr. Mein Herz klopfte laut in meiner Brust und mein Körper schmerzte vor Sehnsucht.

Er beugte sich vor und ich hielt den Atem an. Er wollte mich küssen. Ich wusste es.

Ich öffnete meine Lippen leicht und schloss meine Augen.

„Rachel." Er sagte meinen Namen.

„Ja." Ich flehte ihn an, ohne auszusprechen, wie sehr ich mir wünschte, dass er seine Lippen auf meine drückte, um den Schmerz der Lust zwischen meinen Beinen zu lindern.

„Wach verdammt noch mal auf."

Ich schreckte hoch, blinzelte und sah mich in dem dunklen Raum um.

Ich befand mich immer noch im Massageraum. Als ich auf mein Spiegelbild schaute, sah ich die Knitterspuren in meinem Gesicht, wo ich es auf das Gesichtskissen gedrückt hatte, und meine Haare standen in alle Richtungen ab. Ich sah aus, als wäre ich einer Irrenanstalt entflohen.

Ich sprang von der Liege und riss das Laken mit mir. Schnell zog ich den Bademantel an und schaute in den Flur hinaus. Er war leer, also machte ich mich auf den Weg zurück zur Umkleide, wo ich mich ausgezogen hatte.

Ich steckte den Schlüssel in mein Schließfach und schnappte mir meine Kleidung. Dann warf ich einen Blick auf die Uhr. Mein Herz blieb fast stehen.

Es war fast sechs Uhr. Ich sollte um halb sieben in der Bar sein und bereitstehen.

Ich beeilte mich und zog mich an, schaute in den Spiegel und strich meine Haare glatt. Dann rannte ich hinaus und lief zur Empfangsdame.

„Wie war Ihre Massage?" Die Empfangsdame lächelte mich an.

„Ganz fantastisch. Können Sie es meinem Zimmer berechnen?" Ich schaute erneut auf meine Uhr.

„Selbstverständlich." Sie tippte etwas in ihren Computer. „Brauchen Sie eine Quittung?"

„Nein. Alles in Ordnung." Ich lächelte und eilte aus dem Wellnessbereich hinaus zum nächsten Fahrstuhl und drückte den Knopf.

Ich klopfte ungeduldig mit dem Fuß auf, während ich darauf wartete, dass der Aufzug ankam. Als sich die Türen endlich öffneten, spürte ich einen Knoten im Magen. Der Fahrstuhl war voll. Ich musste warten, bis alle ausgestiegen waren, bevor ich eintreten konnte.

Ich drückte den Knopf und die Türen schlossen sich schließlich.

„Stoppen Sie den Aufzug", rief eine Frauenstimme. Sie steckte ihre Hand zwischen die Türen, bevor sie sich schließen konnten.

Widerwillig drückte ich auf den Öffnen-Knopf und unterdrückte ein Knurren.

„Danke." Sie trat ein und zog ihr Gepäck hinter sich her.

„Welche Etage?", fragte ich.

„Vierte", sagte sie.

Ich rollte mit den Augen. Das waren zwei Stockwerke unter meinem, was bedeutete, dass es nun noch länger dauern würde, in mein Zimmer zu gelangen, um die Kamera zu holen.

„Ist das Peabody nicht wunderbar?" Die Frau im rosa Hosenanzug lächelte. Ihr Südstaaten-Akzent war so offensichtlich, dass ich sogleich an Charleston denken musste.

„Das ist es." Ich lächelte und blickte erneut auf meine Uhr. Der Aufzug schien sich nur im Schneckentempo zu bewegen.

„Kommen Sie oft hierher?", fragte sie, während sie über ihre Perlenkette strich, die um ihren Hals hing.

„Wann immer ich die Gelegenheit bekomme. Ich bin mit

meinen Töchtern für das ‚Memphis in Memphis'-Konzert hier." Ich lächelte höflich und schaute auf die Etagennummer, an der wir vorbeifuhren.

„Oh ja. Ich habe gehört, dass es ein riesiger Erfolg sein soll. Ich selbst bin kein großer Fan ihrer Musik, aber wie es scheint, hat sie sehr viele Anhänger." Sie lächelte wieder.

„Ja. So scheint es." Ich atmete erleichtert auf, als sich die Aufzugtüren zum vierten Stockwerk öffneten.

„Schönen Abend noch." Sie winkte und lief los.

Sobald sie durch die Tür gegangen war, drückte ich auf den Knopf, um sie wieder zu schließen, und auf meine Etagennummer.

Als der Aufzug endlich ankam und sich die Türen öffneten, rannte ich so schnell ich konnte den Flur entlang zu meinem Zimmer.

KAPITEL ZWEIUNDZWANZIG

Ich schaffte es, meine Kamera zu holen und ein rosa T-Shirt anzuziehen, auf welchem in schwarzer Schrift „Fußball-Mama" geschrieben stand. Meine Jeans und Turnschuhe behielt ich an, weil ich keine Zeit mit dem Umziehen verschwenden wollte, wenn ich mich in dieser Zeit lieber schminken könnte.

Aber auch dafür hatte ich jetzt keine Zeit mehr. Schließlich legte ich nur etwas Wimperntusche und rosa Lipgloss auf und rannte zur Tür hinaus.

Als ich unten ankam, war die Lobby bereits überfüllt. Ich flirtete schamlos mit dem Barkeeper. Ich erklärte ihm, dass ich unbedingt einen Tisch in der Ecke haben wollte. Er grinste und begleitete mich zum Tisch in der Ecke, bevor er seine Hand auf mein Kreuz legte.

Normalerweise hätte ich ihm instinktiv eine Ohrfeige verpasst, aber ich wollte wirklich keine Szene machen. Ich musste unauffällig bleiben.

Ich lächelte verführerisch und nahm die Serviette entgegen, auf die er seine Nummer gekritzelt hatte, und versprach ihm, anzurufen.

Dann beobachtete ich, wie er wieder hinter die Bar ging, und warf die Serviette in einen nahegelegenen Mülleimer.

Ich setzte mich und sah mich im Raum um. Ich stellte meine übergroße Louis-Vuitton-Handtasche auf den Tisch, holte meine Kamera heraus und legte sie daneben.

Prüfend musterte ich den Raum und Barbereich. An der Bar saß ein Haufen Geschäftsleute in Anzügen, die alle Bier tranken und sich angeregt unterhielten.

Ich nahm Jonathan Lendermans Foto aus der Tasche und schaute es mir an. Nachdem ich sein Foto studiert hatte, schob ich es zurück in meine Handtasche. Ich sah mich noch einmal nach meiner Zielperson um.

Während ich das Geschehen in der Bar beobachtete, nippte ich an meinem Weißweinglas, das mir der Barkeeper eingeschenkt hatte.

Als ich ihn entdeckte, verschlug es mir fast den Atem.

Er stolzierte in den Raum und lief direkt zur Bar. Er war nicht attraktiv und sein dicker Bierbauch machte ihn sogar noch unattraktiver.

Ich mochte sein Erscheinungsbild ganz und gar nicht.

Ich nippte an meinem Wein und wartete, dass er sich setzte. Er suchte sich einen Barhocker am Tresen aus und winkte den Barkeeper zu sich hinüber. Der Barkeeper füllte einige Eiswürfel in ein Glas und goss etwas, das wie Scotch aussah, über das Eis.

Jonathan verschwendete keine Zeit und leerte das Glas sofort. Dann klopfte er auf die Bar, damit ihm der Barkeeper nachschenkte.

Ich bemerkte, dass der Barkeeper versuchte freundlich zu sein. Aber die angespannten Linien um seine Augen und den Mund herum ließen mich vermuten, dass er Typen wie Jonathan kannte und sich mental auf die betrunkenen Eskapaden eines arroganten Arschlochs vorbereitete.

Jonathan hatte sich auf dem Barhocker umgedreht und

sah sich im Raum um, wobei er alle Frauen musterte. Ich zog den Kopf ein und tat schnell so, als würde ich eine SMS auf meinem Handy schreiben. Ich wusste zwar, dass er nicht wusste, wer ich war, aber ich wollte auch nicht, dass er zu mir herüberkam und versuchte, mich anzubaggern. Ich musste unauffällig bleiben, damit ich das Foto schießen konnte.

Das Stimmengewirr schien um mich herum zu vibrieren wie ein Haufen ängstlicher Bienen. Ich trank noch einen großen Schluck von meinem Wein und blickte wieder auf. Jonathan hatte seine Aufmerksamkeit nun auf eine Blondine gerichtet, die neben ihm an der Bar Platz genommen hatte. Ich konnte das Gesicht der Frau nicht erkennen, um zu sehen, ob es die Köderfrau war oder nicht. Sie war blond, aber etwas rundlich. Und sie trug auch keine sexy Kleidung. Nur eine hellbraune Hose und ein geblümtes Oberteil.

Irgendetwas an der Frau kam mir bekannt vor, aber ich konnte nicht genau sagen, was es war.

Jonathan rückte näher an die Blondine heran und was auch immer sie sagte, brachte ihn zum Lachen. Er zog seinen eigenen Hocker näher zu ihrem und legte seinen Arm auf die Lehne ihres Barhockers.

Der Barkeeper brachte der Frau ein Glas Rotwein und sie begann, sich an Jonathan zu lehnen.

Ich verschob die Kamera auf dem Tisch und lehnte mich hinunter, um zu sehen, ob sie richtig positioniert war und das Bild klar und deutlich und nicht verschwommen wirkte. Erfreut setzte ich mich auf und drückte auf den Auslöser. Ich schoss noch ein paar extra Fotos. Ich musste jedoch ein Bild von ihm bekommen, wie er diese Frau küsste, nicht nur mit ihr flirtete. Ich schaute zur Bar hinüber und wartete. Was auch immer die Frau zu Jonathan gesagt hatte, ließ ihn den Barkeeper hinüberwinken, um die Rechnung zu bezahlen. Er unterschrieb die Quittung und rutschte von seinem Barhocker. Er schaute sich um und reichte der Frau dann ihre Handtasche. Sie blickte zu Boden und lächelte, bevor ihr Haar wieder vor ihrem Gesicht hing.

Irgendetwas an ihr kam mir so bekannt vor.

Ich stand auf, griff nach meiner Handtasche und nach der Kamera. Ich legte einen Zwanzig-Dollar-Schein für den Wein auf den Tisch und folgte ihnen diskret hinaus.

Die Frau ließ ihren Zimmerschlüssel fallen und bückte sich, um ihn aufzuheben. Als sie aufstand, drückte Jonathan sie in eine dunkle Ecke und küsste sie.

Mein Herz raste in meiner Brust. Das war meine Chance. Ich hob die Kamera hoch und richtete sie auf sie. Ich machte ein Foto. Der Mann versteifte sich und unterbrach den Kuss. Er sah mich direkt an. Ich fuhr fort, weiter Bilder zu schießen. Ich hatte nicht nur ein Bild von ihm, wir eine Frau küsste, die nicht seine war, sondern jetzt auch ein klares Foto von seinem Gesicht.

„Rachel?" Die Frau trat aus der Ecke hervor.

Ich blinzelte.

Scheiße. Es war Carla. Meine Nachbarin.

„Kennst du sie?" Jonathan deutete mit dem Daumen in meine Richtung.

„Rachel, was machst du hier?" Sie fuhr sich mit der Hand durch ihr kurzes blondes Haar und schaute zu Boden. „Du wirst doch Cal nicht verraten, dass ich einen anderen Mann geküsst habe, oder?"

„Cal? Wer zum Teufel ist Cal?", donnerte Jonathan.

„Ich bin wegen des Konzerts hier." Ich schob meine Kamera in die Tasche und zog die Riemen auf meine Schulter. „Ich gehe mit den Kindern zum ‚Memphis in Memphis'-Konzert." Meine Stimme schwankte ein wenig.

„Was hast du mit der Kamera gemacht?" Carlas Blick fiel auf meine Tasche.

„Sie ist für das Konzert", log ich.

„Wer zum Teufel sind Sie?" Jonathan trat einen Schritt in meine Richtung. Der Ausdruck auf seinem Gesicht hatte sich zu etwas Gemeinem, Bösem verwandelt. Mir stellten sich die Nackenhaare auf.

„Das ist Rachel Jones. Meine Nachbarin", platzte Carla heraus. Sie riss ihre Augen weit auf und sah ängstlich aus.

„Warum haben Sie mich fotografiert?" Er sah mich mit zusammengekniffenen Augen an.

„Ich habe kein Foto gemacht. Ich wollte nur sichergehen, dass die Kamera für das Konzert heute Abend bereit ist." Ich schaute auf meine Uhr. „Ich muss los, sonst komme ich zu spät." Ich drehte mich um, um zu gehen.

Jonathan packte meinen Arm. „Sie gehen nirgendwohin, Sie Schlampe."

Ich drehte mich um und entriss mich seinem Griff. „Fassen Sie mich ja nicht an."

„Ich kann tun, was ich will." Er verzog seine Lippen zu einem bösen Grinsen. „Wenn Sie Carlas Nachbarin sind, machen Sie bestimmt auch mit Wildfremden in einer Bar rum? Ich bin mehr als glücklich, euch beide heute Abend zu unterhalten."

„Ich bin nicht interessiert." Ich ballte meine Hände zu Fäusten. Meine Fäuste wollten unbedingt in sein hässliches, selbstgefälliges Gesicht schlagen.

„Rachel, du wirst es doch Cal nicht verraten, oder?" Carla trat vor.

„Es Cal verraten? Wie zum Teufel sollte ich es Cal verraten? Er sitzt im Gefängnis." Ich trat einen Schritt zurück. Nach Cals Verhaftung hatte mir Carla so leidgetan. Ich hatte gedacht, sie wäre die unschuldige Hausfrau, die wegen ihres beschissenen Ehemannes eine schwere Zeit durchmachte. Aber hier war sie und ließ sich auf einen anderen Mann ein.

„Oh ha." Jonathan trat einen Schritt zurück. „Du hast mir

nicht gesagt, dass du mit einem Knastbruder verheiratet bist."

„Technisch gesehen hatte er seine Verhandlung noch nicht. Also bin ich mir nicht sicher, ob der Begriff Knastbruder wirklich passt." Carla blinzelte.

„Ich muss los. Habt einen schönen Abend, ihr zwei." Ich drehte mich um und lief in Richtung Parkservice. Ich hätte noch für eine Weile auf mein Zimmer gehen können, aber ich wollte jetzt wirklich nicht im selben Gebäude wie Carla sein.

Sie hatte mir leidgetan, als Cal wegen Mordes verhaftet worden war. Aber jetzt nicht mehr. Sie hatte keine Skrupel, mit einem verheirateten Mann zu schlafen, während sie selbst noch legal verheiratet war. Selbst wenn es mit einem Mörder war.

„Rachel, warte mal." Carla lief mir nach.

Ich ging zur Tür hinaus. Der Parkwächter lächelte mich an.

„Ich brauche mein Auto, bitte. Ich bin in Zimmer 501."

„Sofort." Er schnappte sich meine Schlüssel und rannte in Richtung Parkhaus.

„Rachel, bitte." Sie holte mich ein und berührte meine Schulter.

„Was?" Ich drehte mich um und funkelte sie an.

„Es ist nicht, wie es scheint", sagte sie leise.

„Wirklich? Denn es sah wirklich so aus, als hättest du deine Zunge im Hals dieses Mistkerls vergraben und wolltest gerade mit ihm in sein Zimmer gehen, um Sex mit ihm zu haben."

„Ich musste es tun." Sie blickte über ihre Schulter, um zu sehen, ob Jonathan ihr gefolgt war. „Er hat mir Geld versprochen." Sie starrte auf meine Handtasche.

„Du willst sagen, dass du mit ihm verabredet warst?"

„Ja. Es wurde von diesem Typen in Memphis arrangiert. Sex für Geld."

Ich starrte sie an, ohne zu blinzeln. „Du willst sagen, Männer bezahlen dafür, dass du mit ihnen …"

„Dass ich mit ihnen Sex habe? Ja." Sie hob ihr Kinn an. „Nur weil ich nicht genauso gut aussehe wie du, heißt das nicht, dass Männer nicht dafür bezahlen würden. Außerdem mögen manche Männer eine Frau mit etwas Fleisch auf den Rippen." Sie strich sich mit der Hand über den runden Bauch.

Ich war so schockiert, dass ich gar nichts sagen konnte.

„Verurteile mich nicht, Rachel." Sie hob den Kopf hoch. „Was machst du eigentlich hier? Gehst du wirklich mit deinen Kindern zum Konzert von Memphis?" Sie neigte den Kopf, als würde sie mir nicht glauben.

„Ja. Das tue ich." Ich verschränkte die Arme vor der Brust.

„Wo sind denn dann deine Kinder?" Sie warf mir einen Blick zu, in welchem ich lesen konnte, dass sie mir wirklich nicht glaubte.

„Sie sind bereits beim Konzert. Wir haben Memphis hier getroffen, als wir im Restaurant waren. Sie kam zu uns und fing an, mit uns zu plaudern. Dann hat sie den Mädchen angeboten, sie früher abzuholen, damit sie in den Backstage-Bereich gehen und den Tourneebus besuchen können."

Carla riss die Augen weit auf. „Du lässt deine minderjährigen Kinder in einen Tourneebus gehen?"

„Es ist ja nicht so, als wäre sie ein Rockstar. Sie ist eine Country-Popsängerin." Ich streckte meine Schultern durch. Ich wollte mich von jemandem wie ihr wirklich nicht verurteilen lassen.

„Aber du hast die Gerüchte gehört, oder?" Ihr Gesichtsausdruck wurde ernst.

„Welche Gerüchte?" Mein Mund wurde trocken. Unbehagen machte sich in meinem Magen breit.

„Es gibt eine Webseite, die Memphis mitverfolgt. Es heißt, dass bei ihren Konzerten immer mindestens eine Person verschwindet." Sie lehnte sich näher zu mir heran. „Angeblich soll sie in Menschenhandel verstrickt sein."

„Was?" Ich schüttelte den Kopf. „Warum zum Teufel sollte sie so etwas tun? Sie ist eine Multimillionärin. Sie hat Immobilien auf der ganzen Welt. Es macht überhaupt keinen Sinn, dass sie so etwas tun würde."

„Das hat sie auch gesagt, als sie in einem Interview nach den verschwundenen Personen gefragt wurde." Carla zuckte mit den Schultern. „Ich erzähle dir nur, was ich gehört habe."

„Und ist das die gleiche Webseite, die behauptet, Hollywood würde von Außerirdischen vom Planeten Saturn geführt?" Ich runzelte die Stirn.

„Es ist Uranus. Nicht Saturn. Und nein, es ist eine andere Seite." Sie schüttelte den Kopf. „Schau, ich muss wieder reingehen und sehen, ob er noch interessiert ist. Tu mir einen Gefallen und erzähle niemandem, dass du mich hier gesehen hast."

„Carla." Ich rief ihr nach, aber sie war schon wieder hineingegangen.

„Perfekt", meckerte ich vor mich hin. Jetzt musste ich eine Entscheidung treffen. Onkel Stan das Bild geben und meinen Job behalten oder ihm sagen, dass ich kein Foto bekommen konnte, und mich ersetzen lassen.

Der Parkwächter fuhr mit meinem Volvo vor. „Bitte sehr, Ma'am." Er hielt mir die Fahrertür auf.

„Vielen Dank." Ich wühlte in meiner Handtasche herum und zog einen Fünf-Dollar-Schein heraus. Er dankte mir und schloss die Tür.

Ich bog auf die Straße ein und Angst stieg in mir auf.

KAPITEL DREIUNDZWANZIG

*A*ls ich auf dem Konzertparkplatz ankam, war es schon dunkel. Ich versuchte, dem Parkwächter am Tor zu erklären, dass Memphis meinen Namen für einen Sonderparkplatz notiert hatte. Er prüfte seine Liste und anscheinend hatte sie vergessen, mich hinzuzufügen.

Also musste ich am hintersten Ende des Parkplatzes parken. Ich schnappte mir meine Handtasche und stieg aus dem Auto. Ich öffnete den Kofferraum meines Volvos und lud fünf Klappstühle aus. Memphis hatte versprochen, dass wir irgendwo vorn in der Nähe der Bühne sitzen könnten. Ich wollte hineingehen, die Stühle aufstellen und dann meine Mädchen suchen.

Als ich es schließlich zum Eingang geschafft hatte, war ich bereits am Schwitzen. Ich reichte dem Typen mein Ticket und er winkte mich hinein.

Ich sah mich in der Menge der jungen Leute um und fühlte mich plötzlich steinalt. Hier und da gab es ein paar Mütter, die Selfies mit ihren Töchtern aufnahmen und T-Shirts trugen, die sie selbst dekoriert hatten und auf denen Memphis stand. Als ich an mir selbst hinunterschaute, fühlte ich mich im Vergleich zu allen anderen irgendwie schäbig.

Als ich das Dröhnen der Stimmen in der Dunkelheit hörte, schauderte ich. Ich blinzelte zur Bühne und wollte am liebsten eine Reihe von Flüchen ausstoßen. Auf der einen Schulter trug ich meine Handtasche und auf der anderen Schulter die Klappstühle in ihren jeweiligen Tragetaschen.

„Hey Baby." Ein Typ, der wahrscheinlich Mitte zwanzig war und nach Bier stank, stieß mich an.

„Entschuldigung?", meckerte ich.

„Wo willst du denn hin? Du kannst hier bei mir sitzen", rief er mir nach.

„Ich würde lieber in einer dreckigen Pfütze sitzen", murmelte ich vor mich hin. Ich lief weiter und bahnte mir meinen Weg durch die Menschenmenge.

Auf beiden Seiten der Bühne befanden sich zwei große Bildschirme, auf denen riesige Videos von Memphis in verschiedenen Posen gezeigt wurden. Sie zeigten jeweils ein anderes sexy Foto von Memphis in verschiedenen paillettenbesetzten Outfits.

Es drehte mir den Magen um. Das war ganz und gar nicht, was ich mir für ein Konzert für meine Kinder vorgestellt hatte. Es war definitiv nicht so jugendfrei, wie ich es erwartet hatte. Ich hatte die Songs von Memphis im Radio gehört und dachte mir, da alle Teenager sie mochten, würde sie sich dieser Zielgruppe entsprechend präsentieren. Aber die Bilder auf der großen Leinwand erzählten eine ganz andere Geschichte. Auf meinem Weg zur Bühne wurde ich jetzt schneller. Als ich schließlich dort ankam, entdeckte ich einen Abschnitt, der von Wachpersonal abgesperrt worden war, das auf der anderen Seite stand.

„Hallo. Memphis hat uns Plätze reserviert. Mein Name ist Rachel Jones. Es sollte fünf Plätze geben." Ich schaute den Mann an, der ganz in Schwarz gekleidet war.

Er holte sein Handy heraus und rief jemanden an. Nach ein paar kurzen Worten hielt er das Seil hoch und ließ mich durch.

Ich bückte mich und einer meiner Stühle verfing sich im Seil. Es dauerte ein paar Sekunden, bevor ich ihn lösen konnte.

„Dort drüben." Er deutete mit der Hand auf die Mitte der Bühne.

„Vielen Dank." Ich sah ihn mit zusammengekniffenen Augen an. Ich war von der Gastfreundschaft von Memphis' Team nicht sonderlich beeindruckt.

Also machte ich mich daran, die Stühle aufzustellen. Als ich schließlich fertig war, stand ich auf und strich mir die verschwitzten Haare aus dem Gesicht. Ich stemmte die Hand in die Hüften und schaute mich um.

Dann zog ich mein Handy aus der Tasche und rief Arianna an. Als sie nicht antwortete, probierte ich Gabbys Handy.

„Rachel!"

Ich drehte mich um, als ich meinen Namen hörte. Es war Stephanie.

Ich legte auf, als Gabby ebenfalls nicht antwortete.

„Hallo, komm hier rüber." Ich nickte dem Sicherheitsmann zu, dass es in Ordnung sei, sie hereinzulassen.

Er sah sie misstrauisch an und hob das Seil. Stephanie und Mary Beth mussten sich beide tief ducken, um unter dem Seil hindurchzukriechen.

„Ich dachte mir schon, dass ihr bereits hier seid", sagte ich, während ich mich in der Menge umschaute. „Ich habe ein paar extra Stühle für euch mitgebracht."

„Oh. Vielen lieben Dank. Das habe ich völlig vergessen." Sie lächelte und schaute zu Mary Beth hinunter, die die ganze Szenerie in sich aufnahm. Ich war mir sicher, dass sie so etwas noch nie zuvor gesehen hatte. „Wo sind Arianna und Gabby?"

Es drehte mir den Magen um. Ich wollte ihr wirklich nicht sagen, dass ich keine Ahnung hatte. Also log ich. „Sie sind im Tourneebus bei Memphis. Ich gehe sie holen. Macht es euch etwas aus, bei den Stühlen zu bleiben?"

„Überhaupt nicht." Sie lächelte.

„Darf ich mitkommen? Ich möchte Memphis auch so gern kennenlernen." Mary Beth flehte mich an.

„Sich…"

„Auf gar keinen Fall." Stephanie reagierte wütend. Sie sah mich an und schenkte mir dann ein verlegenes Lächeln. „Entschuldige bitte, ich bin nur sehr vorsichtig, wenn es darum geht, mit wem sich Mary Beth umgibt."

„Ich verstehe." Ich schob meine Tasche höher auf meine Schulter und kroch unter dem Seil hindurch.

Die Irritation darüber, dass Stephanie mich für eine schlechte Mutter hielt, gepaart mit der Tatsache, dass sowohl Arianna als auch Gabby beide ihre Telefone ignorierten, machte mich nervös.

Ich überflog die Menge, um zu sehen, ob ich den Tourneebus entdecken konnte.

Ich konnte ihn nicht sehen.

Ich überlegte, ob ich zu dem Sicherheitsmann zurückgehen und fragen sollte, wo er sich befand, aber in diesem Moment entdeckte ich Marcus in der Menge.

Ich rannte in die Richtung, in die er lief, und hielt dabei meine Handtasche fest an mich gedrückt.

„Marcus!", schrie ich.

Entweder hatte er mich nicht gehört oder er ignorierte mich.

Ich klammerte meine Louis Vuitton wie ein Schild vor meine Brust und rannte auf ihn zu. Wenn ich ihn jetzt in der

Menge verlor, wusste ich, dass ich ihn nie wiederfinden würde.

Ich rempelte mehrere Menschen an, aber es war mir egal. Ich musste meine Kinder finden.

Er lief hinter die Bühne. Ich versuchte, ihm zu folgen, aber zwei Sicherheitsleute blockierten mir den Weg.

„Du kannst dort nicht rein." Einer der in Schwarz gekleideten Männer hielt die Hand hoch.

„Verstehen Sie mich doch. Meine Töchter sind bei Memphis. Ich muss sie holen gehen." Ich streckte mich und sah mich nach dem großen Mann um. Marcus war in einen der Megatourneebusse eingestiegen.

„Wie heißen Sie?" Er neigte den Kopf.

„Rachel. Rachel Jones."

Er zog sein Telefon heraus und schickte eine kurze SMS. Innerhalb von Sekunden bekam er eine Antwort. „Entschuldigung, Ma'am. Niemand hier hat von Ihnen gehört. Sie müssen jetzt gehen."

Mein Gesicht wurde heiß und ich spürte einen Knoten im Magen.

„Nein. Das werde ich nicht tun. Ich will meine Kinder oder ich werde die Polizei rufen." Panik stieg in mir auf. Ich fühlte mich, als wäre ich allein und hilflos. Ich zog mein Telefon heraus.

„Moment." Marcus trat hinter dem Wachmann hervor. „Mrs. Jones. Wenn Sie bitte mit mir mitkommen würden."

Ich wäre vor Erleichterung fast gestolpert.

„Vielen Dank, Marcus." Ich folgte an seiner Seite. „Ich fing schon an, mir Sorgen zu machen."

„Entschuldigen Sie, Mrs. Jones. Diese Jungs hier wissen nicht, was Memphis

macht. Sie gehören zu einem lokalen Sicherheitsteam, das angeheuert wurde, um die Leute von der Bühne und dem Tourneebus fernzuhalten."

Ich drückte meine Hand auf mein Herz und versuchte, langsamer zu atmen. Wir liefen hinüber zu dem großen braunschwarzen Bus, der einige Meter hinter der Hauptbühne entfernt geparkt stand. Zwei Männer standen an jeder Seite der Tür. Sie öffneten die Tür, als Marcus sich näherte.

„Gehen Sie hinein. Ich glaube, dass Ihre Mädchen dort drin sind." Er winkte mich hinein.

„Vielen Dank, Marcus." Ich eilte die Stufen in den riesigen Bus hinauf.

Sofort kam mir ein kalter Luftstrom entgegen. Ich seufzte und war erleichtert, dass die Klimaanlage eingeschaltet und kalt war. Als ich oben auf der Treppe ankam, schaute ich mich in dem riesigen Wohnzimmer und der Wohnküche um. Die Böden und Arbeitsplatten waren aus weißgrauem Marmor. In der Küche gab es hochwertige Edelstahlgeräte. Und die Sofas waren aus weichem weißem Leder.

Ein massiver Fernseher hing über dem Kamin und war eingeschaltet.

„Hallo?" Ich lief in die Küche. Aus dem hinteren Teil des Busses ertönte leise Musik. Ich ging am Badezimmer und den Etagenbetten vorbei. Die Tür zum Hauptschlafzimmer war geschlossen.

Ich klopfte. „Hallo? Arianna? Gabby? Seid ihr dort drin?"

Die Tür öffnete sich und Memphis stand mit einem überraschten Gesichtsausdruck dort.

„Rachel. Ich habe Sie so früh nicht erwartet."

Ich schaute auf meine Uhr und runzelte die Stirn. „Tatsächlich bin ich eigentlich spät dran. Ich hatte doch gesagt, ich würde früher kommen, aber der Verkehr war schrecklich und einen Parkplatz zu finden ebenso."

Ich schaute über ihre Schulter. „Wo sind Arianna und Gabby?"

„Sie machen ein Nickerchen. Sie hatten einen so langen

Tag, dass sie völlig erschöpft waren." Sie schenkte mir ein zuckersüßes Lächeln.

Die Haare in meinem Nacken stellten sich auf. „Nun, wenn es Ihnen nichts ausmacht, möchte ich gern selbst nach ihnen sehen." Ich schob mich an ihr vorbei, als sie versuchte, mir den Weg zu versperren. Die junge Frau war wesentlich stärker, als sie aussah. Aber ich war älter, ein Vampir und eine Mutter. Es war kein fairer Kampf.

Mir stockte der Atem in der Kehle. Ich konnte den kupfernen Geruch von Blut in der Luft riechen, bevor ich kleine Blutstropfen auf den weißen Laken sah. Meine Kinder lagen auf dem Bett, jeweils mit einer kleinen Blutlache unter ihren Wangen.

„Oh mein Gott. Was ist passiert?" Ich eilte an ihre Seite und kniete mich neben sie hin. Ich konnte ihren Herzschlag spüren. Er war langsam, aber stark.

„Arianna?" Ich hielt ihr Gesicht zwischen meinen Händen.

„Mommy?", murmelte sie mit geschlossenen Augen.

Ich strich mit den Händen über ihr Gesicht, um festzustellen, woher das Blut kam. Meine Fingerspitzen fanden einen klebrigen Blutfleck an ihrem Hals.

„Was hast du getan? Was hast du getan?", schrie ich Memphis an.

Ich lief zu Gabby und strich ihr das Haar aus dem Gesicht. Sie blinzelte und versuchte zu sprechen, konnte jedoch keine Worte hervorbringen.

Sie waren beide benommen und völlig erschöpft.

„Was hast du mit ihnen gemacht?" Ich funkelte Memphis an.

„Ich habe sie verzaubert, damit ich ihr Blut schmecken kann." Ihre vollen Lippen verzogen sich zu einem perfekten bösen Lächeln.

Heilige Scheiße.

„Du bist ein Vampir." Die Worte stürzten wie eine Bombe aus meinem Mund.

„Und ich weiß auch, wer du bist." Ihre Augen funkelten mich an. „Tatsächlich hattest du etwas, das ich sehr vermisst habe."

„Und was sollte das sein?" Ich stand auf und stellte mich zwischen sie und meine Kinder. Auf gar keinen Fall würde ich dieses Miststück meinen Kindern noch einmal etwas antun lassen.

Sie lief zur Wand und drückte auf einen Knopf. Eine Tür schob sich auf und offenbarte einen geheimen Raum. Mir stockte der Atem in der Kehle. „Khalan."

Er war wie auf einem Kruzifix ausgebreitet und beide Arme waren an den Seiten in die Wand genagelt worden. Sein Oberkörper war nackt und Blut tropfte aus seinem Mund auf seine muskulöse Brust hinunter. Sein langes schwarzes Haar war um seinen Kopf herum verfilzt.

„Was hast du mit ihm gemacht?"

„Du solltest lieber fragen, was er mit mir gemacht hat." Sie verschränkte die Arme über der Brust und starrte mich an.

„Woher kennst du Khalan überhaupt?" Es schnürte mir die Kehle zu.

„Ich bin seine Schöpferin." Sie grinste fies.

„Seine Schöpferin? Aber du siehst viel jünger aus als er."

„Na und? Es gibt mich schon sehr viel länger als Khalan. Tatsächlich war ich einer der ersten Vampire in Europa."

„Du kommst gar nicht von hier?"

„Nein. Ihr Amerikaner seid so unglaublich dumm. Ihr würdet alles glauben, was in sozialen Medien geteilt wird." Sie schüttelte den Kopf und lief zu einem kleinen Kühlschrank auf der anderen Seite des Raums hinüber. Sie nahm ein gekühltes Rotweinglas heraus und goss eine dunkle Flüssigkeit hinein. Der Geruch von kaltem Blut füllte den Raum.

Sie trank einen Schluck und wischte sich mit den Fingerspitzen vorsichtig die Mundwinkel ab.

„Was willst du mit meinen Kindern?" Ich verfolgte sie, als
sie zurück zu Khalan lief.

„Ich brauchte sie, um zu Khalan zu gelangen. Als ich euch
im Peabody gesehen habe, konnte ich Khalans Blut an dir
riechen. Als seine Schöpferin habe ich diese Verbindung mit
ihm. Ich wusste, dass ich Khalan nur dazu bewegen könnte,
zu mir zurückzukommen, indem ich mir dich oder jemanden, der dir nahesteht, schnappe." Sie sah meine Mädchen an.

Dann lächelte sie. „Und ich hatte recht. In der Sekunde, in
der ich deine Mädchen verzaubert habe, konnte ich hören,
wie Khalan versuchte, zu ihnen zu gelangen." Sie runzelte die
Stirn und sah mich an. „Sie sind keine Vampire. Und doch
hat Khalan Blut mit ihnen ausgetauscht."

„Er hat was?" Ich sah ihn an.

„Oh, er hat dir nicht davon erzählt?" Sie lachte. „Wie
überaus amüsant. Ich frage mich, was er dir sonst alles nicht
erzählt hat." Sie ging hinüber und kratzte mit einem Fingernagel über seine Brust. Blut quoll heraus und tropfte aus der
Wunde. „Wahrscheinlich nichts."

„Ich wurde in Frankreich geboren und habe in verschiedenen Ländern gewohnt. Mein Vater war ein wohlhabender
Aristokrat und wir reisten die ganze Zeit. Als ich einund-
zwanzig war, wollte ich Sängerin werden. Ich langweilte
mich bei den Partys, die wir ständig besuchten, und ich hatte
eine wundervolle Stimme. Aber mein Vater erlaubte es nicht.
Eines Nachts, als wir mit einer Kutsche fuhren, wurden wir
aufgehalten und ausgeraubt. Der Straßenräuber tötete beide
meiner Eltern, indem er ihnen die Kehle herausriss, aber
mein Leben verschonte er. Er sagte zu mir, er würde mir
alles geben, was ich mir je gewünscht hätte. Wenn ich im
Gegenzug seine Braut wäre."

Ich sah sie an, während sie diese Geschichte erzählte.

Gänsehaut breitete sich auf meiner Haut aus, aber ihr Ausdruck veränderte sich nicht.

„Es tut mir leid, dass er deine Eltern getötet hat." Ich stellte mich zwischen sie und meine Kinder.

Ihre Augen funkelten vor Aufregung. „Mir nicht." Sie sah mich mit ihrem untoten Blick an. „Sie haben mich nie etwas machen lassen, was Spaß machte. Sie haben immer nur versucht, mein Leben zu ruinieren."

„Ich bin mir sicher, sie haben nur versucht, dich zu beschützen. So wie es alle guten Eltern tun", fügte ich hinzu.

„Nein, das haben sie nicht. Sie waren schreckliche Eltern." Ihr Blick verdunkelte sich. „Sie wollten mich kontrollieren. Wollten mir sagen, wie ich mein Leben leben sollte." Sie klammerte ihre Hand fest um ihr Weinglas. „In dieser Nacht dort draußen auf der Straße wurde ich von einem Fremden befreit. Von einem Fremden namens Adelmo."

„Ein Vampir." Ich schluckte.

„Mehr als nur ein Vampir. Er war mein Retter." Ihre Augen wurden glasig, als sie sich an die Vergangenheit erinnerte. „Er ermöglichte mir das Leben, zu dem ich schon immer bestimmt war." Sie hob das Glas an ihre Lippen und trank einen großen Schluck.

„Er hat dir das Leben genommen", sagte ich leise.

Sie sah mich fest an. „Er gab mir Reichtum, Ruhm und Unsterblichkeit. Was sonst könnte man wollen?"

KAPITEL VIERUNDZWANZIG

*M*ir lief ein Schauer den Rücken hinunter. „Wann hast du Khalan verwandelt?" Ich hoffte, wenn ich sie dazu bringen könnte, weiterzureden, würde ich etwas Zeit gewinnen, um einen Weg zu finden, wie ich mit meinen Kindern aus diesem Tourneebus verschwinden könnte.

„Khalan." Sie sah meinen Schöpfer wieder an, der an die Wand genagelt war. „Nun, das ist eine ziemlich interessante Geschichte."

„Jede Wette."

Memphis lief zu Khalan hinüber. „Du kannst dir gar nicht vorstellen, wie er ohne diesen schäbigen Bart und die langen Haare aussieht." Sie seufzte. „Als ich ihn traf, sah er so gut aus, glattrasiert und hoch angesehen. Aber ich nehme an, die meisten geistlichen Männer wären das."

Es verschlug mir den Atem. „Willst du mir sagen, dass Khalan ein Priester war?"

„Nein, er war ein Landpfarrer in einem dieser Neuenglandstaaten." Sie winkte abweisend mit der Hand ab. „Massachusetts oder Maine oder einer dieser winzigen Staaten."

Ich sah Khalan an. Ich konnte mir nicht vorstellen, dass jemand, der die Menschheit so sehr hasste, in seinem früheren Menschenleben ein Prediger gewesen war.

„Adelmo war mir langweilig geworden, also stieg ich in ein Boot und reiste in die Vereinigten Staaten. Es war ein so neues Land, voll von Möglichkeiten und frischem Blut." Sie grinste.

„War Adelmo nicht verärgert, dass du ihn verlassen hast? Hat er nicht versucht, dir zu folgen?"

„Nun, mit einem Pflock im Herzen konnte er das sehr schlecht tun, nicht wahr?", erwiderte sie trocken.

Ich riss die Augen weit auf. „Du hast deinen eigenen Schöpfer getötet? Ich dachte, das verstößt gegen die Regeln."

„Lass mich raten. Du hast dir diese Vampirfilme im Fernsehen angesehen?" Sie stieß ein Lachen aus. „Anscheinend war Khalan kein besonders guter Schöpfer, wenn er dir die Regeln nicht alle erklärt hat." Sie zog eine Augenbraue hoch.

„Lass uns einfach sagen, dass ich eine eher widerwillige Schülerin war." Ich blickte über meine Schulter, um nach meinen Mädchen zu sehen. Sie waren noch immer beide außer Gefecht gesetzt, atmeten aber gleichmäßig.

„Also, wie hast du Khalan kennengelernt?" Ich lenkte das Gespräch wieder auf sie, ein Thema, von dem ich wusste, dass sie gern darüber sprach.

„Ich reiste gerade durch ein Dorf, als ich ihn aus einer kleinen Dorfkirche treten sah. Er verabschiedete sich von seiner gesamten Gemeinde, als sie die Kirche verließen, und ich konnte einfach nicht aufhören, ihn anzustarren. Ich hatte noch nie in meinem Leben einen so attraktiven Mann gesehen." Sie trank noch einen Schluck und wirbelte eine blonde Locke um ihren krallenartigen Fingernagel. „Ich hatte nicht geplant, dort zu bleiben, aber ich mietete mir dennoch ein Zimmer im Haus einer alten Dame in der Stadt. Ich begann, in die Kirche zu gehen, und beobachtete ihn jedes Mal, wenn er hinter die Kanzel trat. Ich näherte mich ihm nicht. Ich wusste, dass er mich gesehen hatte, und wartete darauf, dass er zu mir kam. So wie es alle Männer immer taten."

„Was ist dann passiert?"

Sie presste ihre Lippen zu einer wütenden Linie zusammen. „Ich konnte nicht länger warten, also lief ich eines Abends zu seinem Haus. Es war ein kleines Haus auf dem Land. Und stell dir meine Überraschung vor, als ich an die Tür klopfte und jemand anders sie öffnete."

„Wer war es?" Dies war das meiste, was ich je über Khalan gehört hatte. Er hatte mir nie etwas über sein Leben erzählt und trotz meiner Angst war ich fasziniert.

„Seine schwangere Frau."

„Seine Frau? Ich wusste nicht, dass er verheiratet war." Ich schaute Khalan wieder an. Er hatte seinen Kopf leicht gehoben, sah mich an und ließ ihn wieder fallen.

„Anscheinend musste sie während ihrer Schwangerschaft Bettruhe halten. Sie bat mich herein, als ich sagte, dass ich gekommen war, um Khalan zu sehen. Sie dachte wohl, ich wäre dort, um spirituellen Rat zu suchen. Aber ich wollte stattdessen ein anderes Bedürfnis befriedigen."

„Aber er war verheiratet." Ich kniff meine Augen zusammen. „Mit einer Familie."

„Na und?" Sie zuckte mit den Schultern. „Es gelang mir, Khalan aus dem Haus zu locken, damit wir reden konnten. Als wir alleine waren, gestand ich ihm meine Gefühle und sagte ihm, dass ich mit ihm zusammen sein wollte. Er begann, mit mir zu streiten, aber als ich ihn küsste, konnte ich spüren, wie seine Entschlossenheit nachließ."

Übelkeit stieg in mir auf.

„Ich sagte ihm, dass wir gemeinsam verschwinden und ein gemeinsames Leben beginnen könnten. Ich erzählte ihm auch, dass ich wohlhabend war und ihm alles geben könnte, was er wollte. Sogar das ewige Leben." Ihr Ausdruck wurde dunkler. „Er antwortete, dass es ein Fehler gewesen war, mich zu küssen, und dass er seine Frau liebte und sie niemals verlassen würde." Sie klammerte sich an ihrem Weinglas fest. Das Glas zersplitterte und Scherben und Blut befleckten den Boden des Tourneebusses. „Kannst du dir das vorstellen? Er hat Nein zu mir gesagt."

„Ich schätze, du wirst nicht oft abgewiesen."

Sie riss ihren Blick zu mir herum und starrte mich an. „Ich werde nie abgewiesen. Ich bekomme immer, was ich will. Und auch in dieser Nacht bekam ich, was ich wollte."

Ich wollte den Rest der Geschichte nicht hören. Das wollte ich wirklich nicht. Ich wollte nur meine Kinder nehmen und fliehen.

„Ich habe Khalan in dieser Nacht verwandelt. Und nachdem er verwandelt war, habe ich ihn verzaubert und ihm befohlen, das Blut seiner Frau zu trinken. Als er erkannte, was er getan hatte, war er untröstlich. Wochenlang weigerte er sich zu essen, bis ich ihn schließlich fesselte und Blut seinen Hals hinunterzwang. Als er stark genug war, versuchte er, mich zu töten, aber es war unmöglich. Als seine Schöpferin konnte ich seine Gedanken hören und wusste, was er tun würde, bevor er es tatsächlich tat."

„Ein Schöpfer kann Gedanken hören?" Ich blinzelte. Heilige Scheiße.

„Natürlich. Aber nur die Gedanken der Vampire, die er selbst erschaffen hat. Und nur dann, wenn sie aus Mangel an Blut wirklich schwach sind."

„Also, wie haben sich eure Wege getrennt?"

„Unsere Wege trennten sich, als er mich in einem silbernen Sarg einsperrte, nachdem er mir durchs Herz gestochen hatte. Er begrub mich zwei Meter tief unter der Erde auf einem Friedhof in Salem, Massachusetts. Er dachte, der Mangel an Blut und die Unfähigkeit, den Sarg zu verlassen, würden mich umbringen. Er hätte nicht gedacht, dass

ich all die Jahre überleben könnte, bis mich ein Bestattungs-
unternehmer schließlich ausgrub. Mein Grab hatte keinen
Grabstein, also wurde ich gefunden, während er ein neues
Grab aushob, meinen Sarg fand und ihn öffnete." Sie lachte.
„Ich wünschte, du hättest sein Gesicht sehen können, als er
mich so ganz verschrumpelt und aufgespießt dort liegen sah.
Es war das Letzte, was er je sah, als ich mich an seinem
Körper labte, bis nichts mehr von ihm übrig war."

Ich zitterte. „Und wie hast du Khalan gefunden?"

Ein böses Lächeln breitete sich auf ihren Lippen aus. „Als
ich Salem verließ, reiste ich durch die gesamten Vereinigten
Staaten, um ihn zu finden. Fast hätte ich aufgegeben, bis ich
ihn eines Nachts spüren konnte." Sie starrte mich an. „Ich
konnte ihn spüren, als er dich zu einem Vampir verwandelt
hat."

Mein Mund klappte auf.

„Es ist eine Verbindung, die jeder Schöpfer zu jedem
Vampir hat, den er je verwandelt hat. Sobald unsere Nach-
kommen einen anderen verwandeln, gibt es fast ein Echo,
das in unserem Blut zu spüren ist. Ich spürte es in einer
Nacht, als es in den Südstaaten schneite."

Meine Knie gaben nach. Ich griff nach der Wand, um
mein Gleichgewicht zu halten.

Sie neigte den Kopf. „In all den Jahren des Alleinseins hat
Khalan niemals einen anderen Vampir verwandelt. Er hat die
ganze Zeit alleine überlebt …, bis du aufgetaucht bist.
Wodurch mir bewusstwurde, dass du, obwohl du der Grund
bist, dass ich ihn finden konnte, jetzt meine größte Bedro-
hung darstellst. Ich mag keine Konkurrenz. Besonders nicht,
wenn es um das Herz meiner wahren Liebe geht." Sie kniff
die Augen zusammen wie eine Schlange.

„Moment. Ich glaube, du hast einen völlig falschen
Eindruck von mir und Khalan bekommen." Ich streckte die
Hand aus.

„Ach wirklich? Warum sollte er alles riskieren, nur um dich zu verwandeln? Und warum hat er wohl deinen Kindern sein Blut gegeben, damit er immer weiß, wo sie sind? Es sieht für mich nach einer gemütlichen Familiensituation aus." Sie biss die Zähne zusammen.

„Ich kann dir versichern, dass es nicht so ist. Khalan kann mich nicht ausstehen. Er meckert andauernd darüber, wie enttäuschend ich als Vampir bin." Ich verstummte und schaute schockiert zu meinen Kindern hinüber. Sie schliefen beide immer noch und ich hoffte, dass sie sich morgen an nichts von alledem erinnern würden.

„Warum willst du überhaupt mit jemandem zusammen sein, der dir ins Herz gestochen hat?"

„Khalan liebt mich. Das tut er wirklich. Er hat es nur noch nicht erkannt. Er war wütend auf mich, weil ich ihn gezwungen habe, seine Frau zu töten. Aber er hatte jetzt genug Zeit, um darüber hinwegzukommen. Und jetzt, da ich ihn wiedergefunden habe, können wir endlich zusammen sein. So wie ich es immer wollte." Sie summte die Melodie zu ihrem eigenen Song und kratzte mit ihrem Fingernagel erneut über Khalans nackte Brust.

Zum ersten Mal hörte ich dem Text ihres Songs wirklich zu.

Vom Moment, als wir uns trafen, wollte ich nur dich,
Ich wünschte mir Liebe und deine Augen inspirierten mich.
Es sollte für immer währen, bis du mein Herz gebrochen hast.
Dann fehlte meiner Sicht auf die Welt das wichtigste Etwas.
Ich bin die Verführerin aus Memphis,
Niemand kommt mir gleich.
Ich bin deine wahre Liebe und Seelenverwandte.
Bis in alle Ewigkeit.
Jetzt bin ich zurück und bitter,
Und kann sehen, wie du vor meinen Füßen zitterst.
Du wirst mich anflehen, dich nicht zu verlassen,

Und deine längst überfällige Bestrafung hassen.
Ich bin die Verführerin aus Memphis,
Niemand kommt mir gleich.
Ich bin deine wahre Liebe und Seelenverwandte,
Bis in alle Ewigkeit.
Du kannst meinem Zorn nicht entkommen,
Denn du hast mir mein großzügiges Herz genommen,
Jetzt kannst du der Hölle nicht mehr entfliehen,
Denn ich werde dir meine Liebe entziehen.

Ich sah Memphis an. „Verführerin aus Memphis. Du hast es über Khalan geschrieben."

„Hallo, einhundert Punkte für dich. Du bist ja klüger, als du aussiehst." Sie trat einen Schritt auf mich zu.

Ich hob meine Hände. „Also sind alle Geschichten über dich wahr. Du entführst tatsächlich Menschen von deinen Konzerten. Du tötest sie wegen ihres Blutes."

„Ach." Sie rollte mit den Augen. „Weißt du überhaupt, wie viele junge Leute zu meinen Auftritten kommen? Ich habe lieber junges frisches Blut, als so alte vertrocknete Schlampen wie dich."

Ich kniff die Augen zusammen. „Khalan fand nicht, dass ich vertrocknet bin."

Sie riss die Augen vor Wut weit auf. Ich hatte sie genau dort getroffen, wo es ihr am meisten wehtat.

Sie stürzte auf mich los und riss uns dabei beide zu Boden. Dann kletterte sie auf mich und entblößte ihre Zähne. Als sie ihre Hände um meinen Hals schloss, drückte sie mir die Luft ab.

Aber ich hatte eine Kraft, die sie nicht besaß. Ich war eine Mutter. Und ich war eine Kämpferin. Und die Hölle würde eher zufrieren, als dass ich eine andere Frau meiner Familie etwas antun ließ.

Ich warf Memphis ab und schaffte es, auf sie zu klettern. Sie schrie.

Ich griff mir ein Büschel ihrer blonden Haare und knallte ihren Kopf auf den Boden. Sie grinste mich böse an. „Du dumme Schlampe. Du kannst mich nicht töten. Ich bin untot."

„Aber ich kann es, du bösartige Hure aus Babylon!" Stephanie stürmte mit einem Kruzifix auf uns zu und mit etwas, das scheinbar eine Flasche Weihwasser war.

Ich schaute schockiert zu ihr auf. Das war mein Fehler. Memphis schlug mich hart ins Gesicht und schüttelte mich ab.

„Im Namen des …" Stephanie konnte ihren Schlachtruf nicht beenden, bevor Memphis wieder auf die Füße sprang.

„Willst du mich verdammt noch mal verarschen? Glaubst du wirklich, du kannst es mit mir aufnehmen?" Memphis knurrte.

„Das kann ich im Namen des Herrn!" Stephanie schleuderte Memphis das Weihwasser ins Gesicht.

Sie riss die Augen weit auf und kreischte.

„Du hast meine Haare ruiniert! Weißt du eigentlich, wie lange es dauert, mir die Haare zu machen?" Memphis' Gesicht wurde mörderisch und sie stürmte auf Stephanie zu.

„Mom?" Mary Beth erschien hinter Stephanie. „Was ist hier los?"

Memphis richtete ihren Blick auf das kleine Mädchen. „Perfekt. Noch eine Unschuldige, die ich heute Nacht erledigen kann."

„Wage es ja nicht, meine Tochter anzufassen. Oder ich bringe dich um." Stephanie blickte über ihre Schulter. „Mary Beth, verschwinde von hier."

„Nein, Mary Beth. Bleibe noch. Das hier wird gerade erst richtig gut."

Stephanie wurde vom Mut verlassen und sie drehte sich um, um wegzurennen, rutschte jedoch im Blut aus, das

Memphis über dem Boden verschüttet hatte. „Ich habe bereits die Polizei gerufen. Sie sind auf ihrem Weg."

„Du Schwachkopf. Ich kontrolliere die Polizei in dieser Stadt." Memphis stürmte auf Stephanie zu.

Ich griff nach dem Kruzifix, überrascht von seinem Gewicht, und schlug es Memphis über den Kopf.

Memphis blinzelte und stolperte, ging jedoch nicht zu Boden. Ich schlug noch einmal zu. Dieses Mal verdrehte sie die Augen und sackte zu einem Häufchen auf dem Boden des Tourneebusses zusammen.

„Glaubst du, du hast sie getötet?" Stephanie sah mich an.

Memphis stöhnte und versuchte, sich zu bewegen.

„Nein. Aber wir müssen hier raus." Ich rannte zu meinen Mädchen. „Stephanie, hilf mir!"

„Oh Gott. Was ist hier passiert?" Stephanie blickte auf das Bett, in dem Gabby und Arianna lagen. „Ich wusste es. Ich wusste, was Memphis war."

„Tatsächlich?" Ich half Arianna, auf die Beine zu kommen, während Stephanie und Mary Beth versuchten, Gabby zu helfen.

„Sie ist eine Menschenhändlerin. Sie entführt Kinder und verkauft sie an bösartige Gruppen, die dem Teufel Kinder opfern." Stephanie nickte. „Ich wusste es die ganze Zeit. Aber alle hielten mich für verrückt."

Mary Beth keuchte. „Mom!"

Ich wirbelte herum, um zu sehen, was sie sah.

„Lieber Gott. Sie hat versucht, einen Mann zu opfern." Stephanie hielt ihre Hand vor den Mund und trat einen Schritt zurück.

„Ich weiß." Ich sah Khalan an. „Schau mal, ich kann ihn nicht hierlassen. Kannst du mit Mary Beth zusammen Arianna und Gabby zu meinem Auto bringen? Ich muss ihm helfen, hier rauszukommen, bevor Memphis wieder aufwacht." Ich drückte Stephanie meine Handtasche in die Hand.

„Aber ich kann dich doch hier nicht alleine lassen", flehte mich Stephanie an.

„Bring die Mädchen hier raus. Ich muss wissen, dass sie in Sicherheit sind, Stephanie." Ich starrte sie fest an.

„In Ordnung. Wo hast du geparkt?"

„Am Ende der Welt. Es ist die letzte Reihe auf dem ganzen verfluchten Parkplatz. Wenn du dich näherst, drückt einfach auf den Knopf. Ich komme, so schnell ich kann. Geh jetzt!" Ich wandte ihr den Rücken zu und hoffte, dass Stephanie den Wink verstand.

„Wir werden auf dich warten", sagte Stephanie über ihre Schulter.

Nachdem ich hörte, wie Stephanie die Tür des Tourneebusses hinter sich schloss, eilte ich zu Khalan hinüber. Er war blass, viel blasser, als ich ihn jemals gesehen hatte.

Er rollte seinen Kopf zur Seite. „Unfallopfer."

„Oh Gott, Khalan. Was hat sie dir angetan?"

„Du musst hier raus, bevor sie wieder reinkommt."

„Ich kann dich doch nicht einfach so hierlassen. Sie wird dich umbringen." Tränen brannten in meinen Augen und ich berührte seine Brust, dort wo sie ihn geschnitten hatte.

„Wenn ich Glück habe, bringt sie mich um." Er schaffte ein leichtes Grinsen.

„Ich werde nicht ohne dich gehen."

„Als dein Schöpfer befehle ich dir, sofort zu verschwinden." Er knurrte.

„Wann habe ich denn je auf dich gehört?" Ich kniff die Augen zusammen. „Jetzt halt die Klappe und sag mir, wie ich dich hier runterholen kann."

Er starrte mich ein paar Sekunden lang an, bevor er wieder sprach. „Du musst die Nägel mit dem Hammer herausreißen." Sein Blick fiel auf den Hammer, der zu seinen Füßen lag.

Es drehte mir den Magen um. Aber ich hatte keine andere Wahl.

Ich griff nach dem Hammer. Er fühlte sich schwer in meiner Hand an, fast so schwer wie mein Herz.

Ich schluckte den Ekel vor meiner Aufgabe zurück und drehte die Kralle des Hammers zum Nagel.

Ich sah Khalan an. „Ich werde versuchen, dir nicht wehzutun."

„Man hat mir schon schlimmer wehgetan."

Nachdem ich mehrfach kräftig an dem Nagel zerrte, löste er sich schließlich aus der Wand und aus Khalan. Ich sah ihn an. Schweiß floss über seine Stirn hinunter, aber er war so tapfer und gab keinen Ton von sich.

„Noch einen." Ich machte mich wieder an die Arbeit, als ich einen Schmerz in meinem Rücken spürte. Ich ließ den Hammer fallen und schrie. Ich drehte mich herum. Memphis war wieder bei Kräften und hielt ein Beil mit tropfendem Blut in der Hand. Mit meinem Blut.

„Du kleine Schlampe. Glaubst du etwa, ich würde es zulassen, dass sich eine andere Frau zwischen mich und Khalan stellt? Ich werde dich in kleine Stücke hacken und ihn verzaubern, dass er jedes kleinste Stückchen aufisst." Sie hob das Beil erneut, aber ich stürmte los und warf sie rückwärts aufs Bett.

Das Böse sprühte aus ihren Augen und sie hob die Hand mit dem Beil.

Ich stemmte mich mit meinem gesamten Gewicht auf sie und schaffte es, ihren Arm hinunterzudrücken, damit sie mich nicht noch einmal treffen konnte. Sie schrie und versenkte ihre Zähne in meiner Hand.

Ich riss meine Hand von ihr los und es gelang ihr, mich

abzuwerfen, sodass sie wieder im Vorteil war. Sie kletterte auf mich und hob das Beil in die Luft.

Erinnerungen schossen mir durch den Kopf. Die Geburt meiner Kinder. Partys und Geburtstage. Ihr Gelächter im Garten, während sie im Pool schwammen. Ihnen in der Nacht beim Schlafen zuzusehen. Khalan, der mich in seinen Armen hielt, während ich weinte.

„Lass uns mal sehen, für wie hübsch Khalan dich ohne dein hübsches Gesicht hält." Memphis grinste böse.

Ein Messer durchbohrte ihre Kehle. Ihr Gesichtsausdruck veränderte sich von Überraschung zu Schock. Sie ließ das Beil fallen und griff nach ihrem Hals. Blut sprudelte nur so aus ihrem Mund und ihrer Nase. Das Messer verschwand und trennte schließlich ihren Kopf von ihrem Körper ab.

Khalan stand hinter ihr und hielt den abgetrennten Kopf in die Höhe. Ein Nagel steckte noch immer in seinem Handgelenk und Blut tropfte aus seinen Wunden.

„Ich dachte, man könnte seinen Schöpfer nicht töten?"

„Du wärst überrascht, was du alles kannst, wenn du es dir in den Kopf setzt." Er ließ Memphis' Kopf aufs Bett neben ihren Körper fallen.

„Lass uns von hier verschwinden."

„Nicht, bevor wir das hier nicht zu Ende gebracht haben." Auf seinem Weg durch die Küche griff er nach dem Feuerzeugbenzin. „Wir müssen den Bus in Brand setzen. Wenn wir es nicht tun, wird es eine Menge Fragen geben."

Er besprühte den Boden und das Bett mit Flüssigkeit und zündete dann ein Streichholz an. Das Feuer erwachte sofort zum Leben.

„Lass uns gehen." Er schlang seinen blutigen Arm um mich und schob mich aus dem Bus.

Ich war überrascht, dass draußen keine Leibwächter warteten. Vermutlich machten sie sich alle für das Konzert bereit.

Ich sah Khalan an. „Wir müssen dir ein T-Shirt besorgen. Du bist so auffällig wie ein bunter Hund." Wir kamen an einem Zelt vorbei und ich schlich mich hinein. In diesem Zelt wurden Fanartikel gelagert. Ich wühlte durch eine Kiste mit T-Shirts, bis ich ein schwarzes Shirt mit einem Memphis-Aufdruck auf der Vorderseite in Größe XL fand.

Ich kroch wieder hinaus und warf Khalan das T-Shirt zu. „Zieh das an."

Er sah finster aus. „Nein."

„Tu es oder ich werde es dir selbst anziehen."

Er hob das T-Shirt über seinen Kopf und zog sich an. Es schmiegte sich eng um seinen großen Körper.

„Ich sehe wie ein Arschloch aus."

„Du siehst wie ein Fan aus und das macht dich unauffälliger." Ich schlang meinen Arm um ihn und wir liefen gemeinsam in Richtung Ausgang.

Ich hielt den Atem an und hoffte, dass niemand versuchen würde, uns aufzuhalten oder mit uns zu sprechen. Wir hatten es fast zum Ausgang geschafft, bevor derselbe betrunkene Typ mir wieder über den Weg lief.

„Hey Schätzchen. Ich habe dir einen Platz reserviert."

„Ich will keinen …"

Khalan schlug ihm ins Gesicht. Er fiel zu Boden wie ein gefällter Baum. „Sie ist schon vergeben", knurrte er ihn an.

Ich presste meine Lippen zusammen, um mir das Lachen zu verkneifen.

KAPITEL FÜNFUNDZWANZIG

*S*tephanie, Mary Beth, Arianna und Gabby warteten alle im Auto auf uns.

„Oh Gott. Ich habe mir solche Sorgen um dich gemacht." Stephanie sprang aus dem Auto und umarmte mich. Sie sah Khalan an. „Haben Sie etwas mit Memphis und ihren Geschäften zu tun?"

„Nein, das hat er nicht, Stephanie."

„Was haben Sie dann in ihrem Tourneebus gemacht?" Sie wirkte nicht sonderlich überzeugt.

„Er hat versucht, Gabby und Arianna zu retten", sagte ich.

Stephanie runzelte die Stirn.

„Das ist Khalan. Er ist mein … Freund." Fast hätte ich „Schöpfer" gesagt, aber ich biss mir gerade noch rechtzeitig auf die Zunge. „Er war wirklich sauer, dass ich meine Kinder mit Memphis gehen ließ. Er hatte ebenfalls ein schlechtes Gefühl wegen ihr. Sie wollte ihn töten, um ihn daran zu hindern, sie zu verraten."

„Ich wusste es!" Sie warf die Hände in die Luft. „Ich wusste, dass ich nicht die Einzige bin, die sie für das gesehen hat, was sie ist." Sie sah Khalan an. „Wir müssen euch alle ins Krankenhaus bringen."

„Ich glaube, es wäre am besten, wenn du und Mary Beth zurück ins Hotel geht und euch ausruht. Ich werde alle anderen ins Krankenhaus bringen, damit sie sich untersuchen lassen können", sagte ich.

„Aber ich kann dich doch mit alldem nicht einfach alleine lassen." Stephanie riss die Augen weit auf.

„Ich werde ihr helfen. Außerdem hat Ihr kleines Mädchen wahrscheinlich eine Menge Fragen. Sie sieht sehr verängstigt aus wegen allem, was heute Abend hier geschehen ist." Khalans Stimme war sanft und ruhig.

Stephanie blinzelte. Sie schaute zurück in meinen Volvo. Mary Beths Gesicht klebte am Fenster. Sie war blass und ihre Augen waren weit aufgerissen.

„Du hast recht." Sie tätschelte meinen Arm. „Vielen Dank, Rachel. Dafür, dass du mir geglaubt hast, und dafür, dass du mir das Leben gerettet hast. Wärst du nicht da gewesen, hätte Memphis mich getötet. Dessen bin ich mir sicher. Ich konnte das Böse in ihren Augen funkeln sehen." Stephanie umarmte mich fest. „Ich glaube nicht, dass wir hier in der Stadt bleiben werden. Ich fahre heute Abend lieber gleich zurück nach Hause."

„Das kann ich verstehen." Ich lächelte.

„Es ist in Ordnung, wenn du später heute Abend noch mit mir sprechen möchtest. Ich bin immer für dich da." Stephanie winkte Mary Beth aus dem Auto. Ich sah ihnen nach, als die beiden zu ihrem eigenen Auto liefen.

Khalan lief zu meinem Auto und öffnete die hintere Tür.

„Was hat sie mit ihnen gemacht? Werden sie sich davon erholen?", fragte ich.

„Sie hat sie nicht verwandelt, falls du das fragst. Sie hat versucht, ihr Blut zu vergießen, um meine genaue Position ausfindig machen zu können. Sie wusste jedoch nicht, dass ich den Mädchen mein Blut gegeben hatte, bevor ich die Stadt verließ."

„Du hast was getan?" Ich sah ihn an.

„Ich habe es getan, um dich und sie im Auge zu behalten. Gott sei Dank. Sonst hätte ich sie nicht rechtzeitig gefunden." Er sah mich an. „Mach dir keine Sorgen. Mein Blut wird ihnen nicht schaden."

„Muss ich sie in ein Krankenhaus bringen?" Ich strich Arianna das Haar aus dem Gesicht.

„Nein. Aber ich muss sie verzaubern, damit sie sich nicht daran erinnern, was heute Abend passiert ist." Er sah mich an und wartete auf meine Erlaubnis.

„Nur zu. Aber gib ihnen eine schöne Erinnerung."

Er lehnte sich über Arianna und strich ihr die Haare aus den Augen. „Arianna, öffne deine Augen."

Sie blinzelte sehr langsam. Schließlich sah sie ihn an.

Khalan beugte sich näher zu ihr und flüsterte ihr ins Ohr. Selbst mit meinem ausgezeichneten Vampirgehör konnte ich nicht verstehen, was er zu ihr sagte.

Er griff nach dem Sicherheitsgurt und schnallte sie an, bevor er zur anderen Seite des Autos zu Gabby herumlief.

Er sah mich an. „Mach schon und steig ins Auto. Ich fahre mit euch zurück und werde dir helfen, die Mädchen ins Hotel zu bringen."

Ich nickte, lief zum Fahrersitz herum und stieg ein. Der Klang der sich annähernden Sirenen ließ mich auf meinem Sitz zusammenzucken. Ich streckte meinen Hals und schaute zum Heckfenster hinaus. Die Flammen aus dem Tourneebus waren riesig und man konnte sie sogar vom Parkplatz aus sehen. Ich drehte den Schlüssel in der Zündung und startete den Wagen.

Mein Blick fiel auf Khalan, der Gabby etwas ins Ohr flüsterte und sie dann mit der gleichen Sorgfalt, die er bei

Arianna gezeigt hatte, anschnallte. Er sah mich über mein Kind hinweg an.

„Mach dir keine Sorgen. Bis die Feuerwehrfahrzeuge hier ankommen, wird der Bus völlig ausgebrannt sein. Es wird keine Spur mehr von Memphis geben."

Ich nickte. Und hoffte inständig, dass er recht behielt. Als Vampir in einer Menschenwelt zu leben, wurde von Woche zu Woche schwieriger.

Er stieg auf dem Beifahrersitz ein. Ich blickte auf die Wunden an seinen Armen. Ich musste mir etwas einfallen lassen, wie wir sie abdecken konnten, bevor wir ins Peabody liefen.

„Fahr los." Er starrte geradeaus.

Meine Nerven lagen blank, als ich zurück zum Peabody fuhr. Wir sprachen nicht. Ich warf Khalan heimliche Blicke zu und sah, dass er seinen Kopf gegen die Kopfstütze gelehnt und die Augen geschlossen hatte.

Er war blasser als sonst und sein Körper hatte unter der sadistischen Hand von Memphis eine Menge Trauma erlitten. Ich hatte keine Ahnung, was sie ihm sonst noch angetan hatte, bevor ich dort ankam.

Als wir am Peabody vorfuhren, eilte der Parkwächter zur Fahrerseite herum und öffnete meine Tür.

„Hallo, Mrs. Jones."

„Hallo." Ich lächelte strahlend und reichte ihm die Schlüssel. Dann öffnete ich die hintere Tür. Khalan half Arianna bereits dabei, aus dem Auto zu steigen, bevor ich Gabby überhaupt abschnallen konnte.

Gabby lächelte mich schläfrig an und schlang ihre Arme um meinen Hals. Ich hob sie hoch und trug sie zur Tür, wo der Portier die Tür für mich und Khalan öffnete. Arianna hatte ihren Arm um Khalans Taille geschlungen und lehnte sich an ihn, während sie liefen. Es rührte mein Herz, sie so zu sehen. Ihr langes dunkles Haar verdeckte die Wunden an seinem Arm, den er um ihren Rücken geschlungen hatte. Sie hatte ihren anderen Arm über seinen gelegt, wo er sie am Bauch abstützte. Er sah aus wie ein liebevoller Vater, der seiner schläfrigen Tochter ins Hotel half.

Als wir zu unserem Zimmer kamen, musste ich in meiner Handtasche nach dem Schlüssel wühlen. Sobald wir drinnen waren, schloss ich die Tür hinter uns ab und legte Gabby aufs Bett.

Khalan half Arianna sich ebenfalls in das Bett zu legen, in dem Gabby schlief, und deckte sie zu.

„Ich muss gehen." Er rieb sich mit der Hand über die Augen und stolperte gegen die Wand.

Ich eilte zu seiner Seite. „Du kannst noch nicht gehen. Du bist nicht stark genug. Sag mir, was du brauchst."

Er lehnte sich mit dem Kopf gegen die Wand. „Ich brauche Blut."

Ich runzelte die Stirn. „Ich kann versuchen, jemanden in der Lobby zu finden und ihn hier hoch zu locken."

Er schüttelte den Kopf. „Nein. Das Risiko ist zu groß. Nicht heute Nacht. Nicht nach allem, was passiert ist."

„Was ist mit mir?"

Er runzelte die Stirn.

„Kannst du mein Blut trinken? Du hast mir dein Blut gegeben, als ich schwach war, und ich habe mich nie besser gefühlt."

„Du weißt nicht, was du da sagst." Er wandte sich ab.

„Was meinst du damit? Was wird passieren?"

Er sah mich mit intensivem Blick an. „Wenn ich dein Blut trinke, werde ich in der Lage sein, noch mehr …, noch stärker mit dir verbunden zu sein als je zuvor. Du wirst keinerlei Privatsphäre mehr haben."

„Ich habe sowieso schon keine Privatsphäre mehr", sagte ich trocken.

„Du weißt nicht, was du da sagst."

„Sieh mal, du brauchst mein Blut. Ich werde es dir geben, ob es dir gefällt oder nicht." Ich griff nach seiner Hand und führte ihn zur Küchenzeile. Dann stützte ich mich mit den Händen auf dem Tresen ab, sprang hoch und setzte mich vor ihm hin.

Er stand regungslos dort.

Ich griff nach seiner Hand und zog ihn zwischen meine Beine. Seine Nasenflügel bebten und sein Atem wurde ungleichmäßig.

KAPITEL SECHSUNDZWANZIG

„*J*ch habe schon zu viel von dir genommen. Ich kann das nicht tun." Er biss die Zähne zusammen. „Verstehst du, wozu Memphis mich zwingen wollte? Sie wollte mich zwingen, deine Kinder zu töten."

„Aber du hast es nicht getan. Du hast meine Mädchen gerettet. Du hast mich gerettet. Dies ist die einzige Art, wie ich dir danken kann." Ich hielt seine Hand in meiner.

„Ist es das?" Er sah mich mit durchdringendem Blick an. Mein Körper wurde warm. Etwas zwischen uns veränderte sich.

Ich strich die Haare über die Schulter und schlang meine Hände um seinen Hals, um ihn näher an mich zu ziehen.

Er kämpfte nicht gegen mich an. Als sein Atem über meinen Hals streichelte, schlang er seine Hände um meine Taille.

„Lass mich nicht zu viel trinken." Sein Atem war heiß auf meinem Fleisch.

Er drückte seine Lippen gegen meine Haut wie bei einem Kuss. Ein kurzer Schmerz blitzte auf, als seine Zähne ihr Ziel fanden. Der Schmerz wurde schnell zu Lust. Ich fuhr mit meinen Fingern über seine muskulösen Arme und wühlte schließlich mit meinen Händen durch sein Haar. Es fühlte sich so richtig an, ihn so nah bei mir zu spüren. Sein Mund saugte an meinem Hals und mein Körper wurde heiß, als ich ihn an mir spürte.

Er zog mich mit der Hand um meine Taille näher an sich und legte die andere wie ein Liebhaber um mein Gesicht. Ich versuchte noch nicht einmal, das Stöhnen, das von meinen Lippen wich, zu unterdrücken. Er rieb seine Erektion an mir und Verlangen breitete sich in meinem Unterleib aus. Ich schlang meine Beine um seine Taille.

„Khalan." Sein Name wich von meinen Lippen. Er löste seinen Mund von meinem Hals und küsste meinen Mundwinkel.

Mir war schwindlig vor Verlangen und Sehnsucht. Er drückte seine Stirn gegen meine und unsere Atemzüge vermischten sich.

„Wie fühlst du dich?" Ich sah ihn an.

„Geil." Seine Augen starrten mit brennendem Blick.

Das war ich auch. Und ich brauchte es nicht zu sagen. Er konnte es in meinem Gesicht lesen und an der Art, wie ich mich wie eine Katze an ihm rieb.

Er bedeckte meinen Mund mit seinem heißglühenden Kuss. Seine Zunge glitt gegen meine und ich konnte mein eigenes Blut schmecken. Es brachte mich völlig um den Verstand.

Ich schloss meine Arme eng um ihn, als er mich tiefer küsste. Er schob eine Hand in mein Haar und rieb sich an meinem Unterleib.

Ich klammerte meine Beine fester um ihn. Er hob mich hoch und drückte meinen Rücken gegen die Wand.

„Ich wünschte, du würdest einen Rock tragen", knurrte er und küsste meinen Hals.

„Ich wünschte, wir wären allein in diesem Zimmer." Ich klammerte mich an ihn. Selbst voll bekleidet bereitete er mir mehr Lustgefühle, als Miles es jemals geschafft hatte.

Er rieb sich an mir, bis ich kam.

Mit seinem Mund bedeckte er meinen und verschluckte meinen Schrei. Vollkommen befriedigt schlang ich meine Arme um seinen Hals und lehnte meinen Kopf gegen ihn.

„Du musst dich ausruhen." Seine tiefe Stimme ließ mich erschauern. Er stellte mich nicht wieder auf die Beine, sondern trug mich zu dem leeren Bett und legte mich sanft hin. Er zog die Decke hinunter und stand auf. Dann zog er mir die Schuhe aus und sah mich an, bevor er sich über mich lehnte, um meine Jeans zu öffnen. Ich hob die Hüften hoch, als er meine Hose über meine Oberschenkel hinunterzog. Seine Augen wurden dunkler, als sein Blick auf meinen schwarzen Spitzentanga fiel.

Er richtete sich auf und legte meine Jeans über den Stuhl.

Ich rutschte hinüber, um Platz für ihn im Bett zu machen.

„Du kannst nicht gehen. Du musst dich ausruhen. Es war eine lange Nacht", sagte ich.

Er setzte sich auf die Bettkante und zog seine Stiefel aus. Dann stand er auf, aber seine Finger hielten am Knopf seiner Jeans inne. „Ich behalte die besser an."

Enttäuschung machte sich in meiner Brust breit. Aber er hatte recht. Es war ja nicht so, als könnten wir hemmungslosen Sex haben, während meine Kinder hier bei uns im Zimmer waren. Egal, wie heiß und aufgewühlt wir waren.

Ich drehte mich auf die Seite und er stieg neben mir ins Bett. Bei seiner Nähe klopfte mein Herz heftig in meiner Brust.

Er hatte mich gerade erst zum Höhepunkt gebracht und doch sehnte ich mich nach mehr.

Er schlang seine Hand um meine Taille und zog mich nah an seinen Bauch. Ich lächelte und schloss die Augen.

„Khalan?"

„Ja?"

„Es tut mir leid, was mit deiner Frau passiert ist." Meine Stimme brach.

„Es ist schon sehr lange her", sagte er leise.

Stille machte sich zwischen uns breit.

„Hast du, nachdem du verwandelt wurdest, je daran gedacht, wieder Liebe zu finden?" Ich hielt den Atem an.

„Warum sollte ich nach allem, was ich getan habe, Liebe verdienen? Ich habe meine Frau und mein ungeborenes Kind getötet."

„Du warst verzaubert. Du hattest keinerlei Kontrolle darüber." Ich schaute ihn an.

Als er mir nicht antworte, drehte ich mich zu ihm und sah ihm in die Augen. „Du bist für das, wozu Memphis dich gezwungen hat, nicht verantwortlich. Sie zwang dich in ein Leben, das du nicht wolltest, und hat dich zu einem …"

„Zu einem Monster gemacht?"

„Das wollte ich nicht sagen."

„Was Memphis mir angetan hat, ist genau dasselbe, was ich dir angetan habe. Ich habe dir dein Leben genommen. Du hattest keine Wahl." Er rollte sich auf den Rücken und bedeckte seine Augen mit seinem Arm.

Die Realität überkam mich. Was er sagte, war wahr. Aber ich hasste ihn nicht so, wie er Memphis gehasst hatte.

„Ich hasse dich nicht, Khalan."

„Aber jedes Mal, wenn du mich ansiehst, wirst du an das Leben erinnert, das ich dir genommen habe." Er bewegte seinen Arm und sah mich an. Dieses Mal sah er müde aus.

„Lass uns einfach etwas ausruhen. Die Sonne geht bald auf und dann werden die Mädchen aufwachen." Ich schaute quer durchs Zimmer zu meinen Kindern hinüber. Sie waren beide im Tiefschlaf.

Ich drehte mich auf die Seite und wartete darauf, dass er sich an mich kuschelte.

Dieses Mal wurde ich enttäuscht.

KAPITEL SIEBENUNDZWANZIG

*A*ls ich am nächsten Morgen aufwachte, war Khalan verschwunden. Ich setzte mich im Bett auf und war auf seltsame Weise enttäuscht, dass er nicht da war.

„Mommy?" Gabby rieb sich die Augen und sah mich an.

„Hallo Schätzchen." Ich sprang aus dem Bett und setzte mich zu ihr. „Wie fühlst du dich?"

„Ganz gut. Was ist gestern Abend passiert?"

„Woran erinnerst du dich?" Ich strich ihr die Haare aus dem Gesicht.

„Ich bin mir nicht sicher." Gabby runzelte die Stirn.

„Ich schon." Arianna gähnte und streckte sich. „Memphis war nicht die, für die wir sie alle gehalten haben."

„Was meinst du damit?" Ich erstarrte. Hatte Khalan sie nicht verzaubert? Würden sie sich beide daran erinnern, dass Memphis ein Vampir gewesen war?

„Sie ist eine Heuchlerin." Arianna setzte sich im Bett auf und verzog das Gesicht. „Sie hat gesagt, sie würde uns ihren Tourneebus zeigen und uns unterhalten, aber sie hat alle nur angeschrien und herumgekreischt, dass alle sie bedienen sollten. Sie ist überhaupt kein netter Mensch."

„Und ihre Songs sind auch nicht so toll." Gabby nickte.

„Erinnert ihr beide euch an irgendetwas von gestern Abend?", forschte ich nach.

„Nur daran, dass sie ihren Tourneebus in Brand gesteckt hat und das Konzert abgesagt wurde." Arianna schüttelte den Kopf.

Gabby griff nach der Fernbedienung und schaltete den Fernseher ein. Der Nachrichtensender war voll mit Neuigkeiten zum abgesagten Memphis-Konzert. Die verkohlten Überreste eines Tourneebusses und weinende Fans waren auf dem Bildschirm zu sehen.

„Seht nur!" Gabby zeigte darauf.

„*Die Polizei berichtet, dass die Leiche der Country Popsängerin Memphis aus ihrem verbrannten Tourneebus geborgen wurde. Es hatte schon seit einiger Zeit Spekulationen gegeben, dass Memphis drogen- und alkoholabhängig gewesen sei. Ihr Tod im Feuer wird als Selbstmord betrachtet.*"

Mein Mund klappte auf und ich sah die Mädchen an. „Das tut mir so leid. Ich weiß, wie sehr ihr ihre Musik gemocht habt."

„Ich weiß, dass ich traurig sein sollte, aber irgendwie bin ich es seltsamerweise nicht." Arianna sah mich an. „Ich bin traurig für ihre Familie, aber so wie es scheint, hat sie diesen Weg selbst gewählt, und solche Dinge passieren eben."

„Was ist mit dir, Gabby?" Ich sah zu ihr hinunter.

„Es ist immer traurig, wenn jemand stirbt. Aber sie scheint ihr Leben für etwas Selbstverständliches gehalten zu haben. Und sie wusste überhaupt nichts zu schätzen." Sie sah zu mir auf und blinzelte. „Mommy?"

„Ja?"

„Ich bin wirklich hungrig. Können wir Zimmerservice bestellen?"

„Auf jeden Fall", sagte ich mit einem Lächeln und griff nach dem Telefon.

KAPITEL ACHTUNDZWANZIG

$\mathscr{A}$ ls wir wieder zu Hause waren, rief mich Stephanie an, um sich nach mir und den Mädchen zu erkundigen. Ich sagte ihr, dass es uns allen gut ging. Sie hatte die Bekanntgabe des Todes von Memphis gesehen und meinte, sie wüsste genau, was passiert sei. Sie war davon überzeugt, dass Memphis von Kunden getötet wurde, die erwartet hatten, Kinder zum Opfern zu bekommen.

Ich bestätigte ihre Aussage nicht, sagte ihr jedoch, dass es plausibel klang.

Am Montag, nachdem ich die Kinder zur Schule gebracht hatte, fuhr ich zu Onkel Stan ins Büro. Ich hatte noch immer die Kamera mit den Fotos von Carla und Jonathan. Und ich wusste immer noch nicht, was ich damit tun sollte.

Ich wollte sie nicht in Schwierigkeiten bringen, aber ich brauchte gleichzeitig auch meinen Job.

Ich lief die Treppe hinauf, anstatt den Aufzug zu nehmen, damit ich mehr Zeit hatte, mich zu entscheiden. Als ich die Tür zu seinem Büro öffnete, war mir immer noch nicht klar, was ich tun sollte.

„Rachel! Kommen Sie rein! Ich wollte Sie gerade anrufen."

Onkel Stan stand hinter seinem Schreibtisch auf und winkte mich herein. „Wie war Ihr Aufenthalt in Memphis? Hat Ihnen das Peabody gefallen? Ich habe gehört, dass es etwas Aufregung gab." Er starrte mich an, als ich auf dem Stuhl ihm gegenüber Platz nahm.

„Tatsächlich?" Ich schluckte.

„Diese Sängerin wurde in ihrem Tourneebus getötet." Onkel Stan schob seine Brille auf seinem Nasenrücken hoch und lehnte sich in seinem Stuhl zurück.

„Oh das, ja. Das habe ich in den Nachrichten gesehen." Ich fing mich schnell wieder.

„Aber ich wollte, dass Sie vorbeikommen, um mit Ihnen über den Fall zu sprechen." Er faltete die Hände vor seinem Bauch.

„In Ordnung." Ich klammerte mich an der Kamera fest.

„Jonathan Lenderman hat Sie erwischt, als Sie Fotos von ihm geschossen haben."

Ich räusperte mich. „Ja, nun, ich habe versucht, diskret zu sein, und dachte, er wäre mit unserer Köderfrau zusammen, aber es stellte sich heraus, dass eine andere Frau bei ihm war."

„Eine andere Frau, die für Sex bezahlt wurde." Onkel Stan nickte.

„Ja." Ich biss mir auf die Lippe. „Schauen Sie, Onkel Stan, ich glaube, ich habe es vermasselt ..."

„Es vermasselt? Ja, das haben Sie allerdings." Er klatschte mit der Hand auf den Tisch und lachte. Ich zuckte zusammen.

„Ich weiß, dass er nicht hätte wissen sollen, dass ich ihn fotografiere, und das tut mir wirklich leid ..."

„Ich habe gerade von seiner Frau gehört, die ja unsere Klientin ist. Und ich bin nur daran interessiert, meine Klienten glücklich zu machen, damit sie mich glücklich machen können, indem sie mich bezahlen."

„Ist sie verärgert?"

„Verärgert? Zur Hölle, nein. Sie freut sich ihres Lebens. So wie es scheint, kam ihr Mann nach Hause, nachdem er Sie dabei erwischt hat, wie Sie versucht haben, ihn zu fotografieren, und stimmte einer Scheidung und allem, was sie wollte, schließlich zu, solange sie Stillschweigen über seine Aktivitäten wahrt."

„Tatsächlich?" Mein Mund fiel auf.

„Tatsächlich. Er macht sich mehr Sorgen um seinen Ruf als darum, in seiner Kirche zu bleiben. Also brauchen wir die Bilder nicht." Er nickte.

„Wir brauchen sie nicht?" Ich atmete erleichtert auf.

„Nein. Und unsere Klientin war so glücklich, dass sie uns einen Bonus gezahlt hat. Das hier ist Ihr Anteil." Er schob mir einen Umschlag entgegen.

Ich nahm ihn an und blätterte durch den Stapel von Hundertern. „Vielen Dank. Als ich hier ankam, dachte ich fast, Sie wollten mich feuern."

„Sie feuern? Nun, nein, heute nicht." Er lehnte sich vor und stützte sich mit den Ellbogen auf den Schreibtisch. „Aber ich möchte mit Ihnen über Nikkis Fall sprechen."

Ich stöhnte.

„Möglicherweise werden Sie daran arbeiten müssen. Es wäre etwas mehr, als nur Fotos zu machen. Ist das ein Problem?"

„Brad ist tot. Ich weiß nicht, wie ich einen Toten finden soll." Unbehagen machte sich in mir breit. „Ich bin Fotograf, kein Ermittler."

„Ich muss nur wissen, dass Sie diesen Job machen können und es nicht persönlich nehmen werden. Selbst dann nicht, wenn es sich um die Frau handelt, die mit Ihrem Mann gevögelt hat." Onkel Stan starrte mich an.

„Was soll ich tun?" Ich verschränkte die Arme.

„Im Moment noch nichts. Ich möchte nur, dass Sie sich

bewusst sind, womit Sie es zu tun haben könnten. Ich muss wissen, dass Sie damit umgehen können."

„Das kann ich." Es war vielleicht wirklich eine gute Idee, an dieser Sache dranzubleiben, damit ich alle Beweise verschwinden lassen konnte, die auf mich oder Khalan hindeuteten.

„Gut. Jetzt gehen Sie und genießen Ihren freien Tag. Ich werde Sie anrufen, wenn ich Sie brauche." Onkel Stan stand auf.

„Danke." Ich lächelte und griff nach meiner Tasche und der Kamera.

Dieses Mal nahm ich den Aufzug. Als ich mein Auto erreichte, klingelte mein Telefon.

„Hallo?"

„Hallo Rachel", sagte Miles. „Ich habe gehört, was auf dem Konzert passiert ist. Geht es den Mädchen gut?"

„Ja, alles in Ordnung. Tatsächlich haben sie sich nicht zu sehr aufgeregt. Ich glaube, dass sie ihre Meinung über die Sängerin geändert haben."

„Gut. Ich weiß nicht, was sie überhaupt an ihr gefunden haben."

Ich seufzte. „Wie läuft es bei der Arbeit?"

„Gut. Es wird dich freuen zu hören, dass ich aus der Garagenwohnung raus und zurück in meine andere Wohnung gezogen bin."

„Das ist gut. Es klingt, als würde es aufwärtsgehen."

„Ja, das tut es tatsächlich. Ich habe soeben eine Gehaltserhöhung vom Krankenhaus erhalten und mir sogar ein neues Auto gekauft." Ich konnte den Stolz in seiner Stimme hören.

„Wieder einen Tesla?" Ich zog die Augenbrauen hoch.

„Nein. Dieses Mal habe ich mir einen Porsche gekauft."

Mein Mund klappte auf. Mein Wohlwollen ihm gegenüber schwand. „Dann schätze ich, dass ich jetzt den Unterhaltsscheck einlösen kann?"

„Eigentlich wäre es toll, wenn du bis nach meiner Rück-
kehr von den Bahamas damit warten könntest ..."

Ich beendete das Gespräch und schob mein Telefon
zurück in meine Handtasche.

Die beiden Männer in meinem Leben waren so
verschieden wie Tag und Nacht. Sie hatten beide ihre Fami-
lien zerstört. Aber nur einer von ihnen war ein egoistisches
Monster.

Und das war nicht Khalan.

ENDE.

ÜBER DEN AUTOR

Werwolf Wächter Romantik Serie
    Ihr Werwolf Bodyguard (book 1)
    Ihr Werwolf Beschützer (Buch 2)
    Ihr Werwolf Verteidiger (Buch 3)
    Ihr Werwolf Champion (Buch 4)

Die Vampire Housewife Reihe
    Lippenstift und Lügen und tödliche Intrigen
    Scheidung und Wein und Schuldbewusstsein
    Beschwipst und schlaflos und Memphis im Chaos

Irgendwo In Texas
    Ihr Cowboy-Held
    Ihr Cowboy-Liebhaber:Eine Western Romanze
    Ihr Cowboy-Artz:EINE WESTERN-ROMANZE

Fae Geheimnisse

My Book

www.ingramcontent.com/pod-product-compliance
Lightning Source LLC
Chambersburg PA
CBHW031427250626
47155CB00004B/1656